귄터 그라스   **Günter Grass**

1927년 폴란드 ▓▓▓▓▓▓▓▓▓▓ 서 태어났다.

2차 세계 대전 기간 중에 17세의 나이로 나치 수상 친위대에 징집되어

참전했으며, 미군 포로수용소에 수감되었다. 전쟁이 끝난 후 농장 노동자,

석공, 재즈 음악가, 댄서 등 여러 직업을 전전하다가 뒤셀도르프 국립 미술 대학과

베를린 조형 예술 대학에서 조각을 공부했다. 1954년 서정시 대회에 입상하면서

문단에 발을 들여놓았고, 같은 해 청년 문학의 대표 집단인 '47그룹'에 가입했다.

1959년 『양철북』을 출간하고 이 작품으로 게오르크 뷔히너 상, 폰타네 상,

테오도르 호이스 상 등 수많은 문학상을 수상했다. 1961년부터 사회민주당에

입당해 활발한 활동을 펼쳤다. 『고양이와 쥐』(1961), 『개들의 세월』(1963)을 발표해

『양철북』의 뒤를 잇는 '단치히 3부작'을 완성했다. 이후 『넙치』(1977),

『텔크테에서의 만남』(1979), 『나의 세기』(1999), 『게걸음으로』(2002) 등을 발표했다.

1999년 노벨 문학상을 받았다. 2006년 자서전 『양파 껍질을 벗기며』에서

10대 시절 나치 무장 친위대 복무 사실을 처음으로 인정해

전 세계적인 논란을 불러일으켰다. 2015년 88세의 나이로 숨을 거두었다.

유한함에 관하여 　　　　　— 유머로 가득한 이별

귄터 그라스 에세이 · 장희창 옮김　　　　　민음사

자라 빈터를 위하여

차례

새처럼 자유롭게 11

영원히 새로운 종이 위에 12

오징어 먹물 물감 15

끝없는 붓질 16

무기력 17

저녁 기도 18

남은 것 21

달팽이 편지 22

마음속 소음 24

혼잣말 26

긴 호흡으로 28

내겐 힘이 없어 29

알 속에서 살기 32

애초에 무엇이 먼저였던가 33

남은 이[齒]들과의 이별 34

심연 위에서 35

마지막 이 37

자화상 38

따로따로 그리고 마녀들처럼 원을 이루고 있는 것 42

정주민이 된 어느 여행자의 비탄 43

내장들 44

한땐 그랬지 45

화폐 유통에 대하여 48

프랑크푸르트 암 마인에서 49

일상적인 것 50

소유 51

어떤 새가 여기서 알을 품는가? 51

편지들 54

사랑하는 리부셰 왕비 55

그의 유머가 달아나 버린 곳 56

롤벤첼라이에서 57

한밤의 손님 58

끝없는 고통 후에 62

그러고 나서 크사베르가 왔다 63

일기 예보에 의하면 64

정물(靜物) 65

여운을 남기는 뒷맛 68

게브란트 만델 69

내 후각과 미각이 사라졌을 때 72

육체와의 이별 73

쌓아 놓은 판자 79

이방인 혐오 80

우리가 들어가 눕게 될 그것 83

심심파적 97

이것들이 내가 그린 거라고? 99

다시 불러 보는 이름, 프란츠 비테 99

터널 끝의 빛 104

무티 105

향수 107

법률에 따라 109

사실이란 무엇인가 110

너무 늦기 전에 111

보험 들어 놓은 손실 112

너무 온화한 겨울 115

부엉이의 눈 115

구름에 대해서 116

천상의 망상에 빠져 117

글쓰기에 대하여 120

할아버지의 애인 121

그대의 그리고 나의 122

욕망이 열정과 짝을 이룰 때 125

상실의 불안 127

그는 가 버렸어 129

온실 속에서는 130

다시 3월이 오면 131

가르칠 수 없는 것 134

종말 135

나의 바위 136

해변의 산책자가 발견한 것 139

마지막 희망 140

지금 141

그들이 서로 대화를 나누도록 142

못과 밧줄 142

기념품으로 선물할 수 있는 것 144

밧줄 꼬기 147

초상화 그리기 148

꿰뚫어 보다 149

첫 번째 일요일에 151

뒤쪽 의자에 앉아 153

미신 154

그가 세 번 울었다 155

친애하는 슈누레 씨 156

도난품 157

발견된 오브제 160

구시가에 남은 것들 안에는 161

죽음의 무도(舞蹈) 164

똑바로 응시하기 165

발자국 읽기 166

사냥 시즌 168

사냥 허가 기간 169

종결선 긋기 170

결산 171

8월 172

그 여름에 분기탱천하여 173

쿠르브윤 씨의 질문 176

유한함에 관하여 177

옮긴이의 말 179

새처럼 자유롭게

파이프 애연가이 신장과 폐 그리고 콩팥이 그를 거듭
수리 공장으로 끌고 가, 그곳에서 가련한 몸으로 링거 주사에 의존하고
그때그때 다른, 알록달록하고 둥그렇거나 길쭉한 모습으로 전설 같은 부작용을
속삭이는 알약들을 한 움큼 삼켜야 했을 때. 노령의 나이가 끈질기고도 얄짤게
"얼마나 더?" 그리고 "도대체 왜?"라는 질문을 던지고, 더 이상 그의 손이
가는 선들로 이루어진 그림을 그리지도 줄 지은 낱말들도 쓰지 못하게 됐을 때.
세상이 전쟁들과 그 부수적 손실과 함께 그에게서 미끄러져 나가고,
그가 오로지 잠을, 조각조각 이어진 잠만을 자려고 하면서 자신에게 낯선 존재가 되었을 때.
그제야 그는 애달프게도 상처를 핥기 시작했던 것이다.
또한 마지막 샘마저 말라 버렸을 때, 파트타임 뮤즈가
구강 대 구강 인공호흡이 여전히 유효하기라도 하듯 입맞춤으로
나를 소생시켜 주었던 것이다. 그러고 나면 어느새 낱말들로 이루어진 형상들이 빽빽하게
밀려오고, 종이와 연필과 붓은 손 닿는 거리로 가까워지고, 가을의 자연은
그 덧없는 공급품을 제공해 주었다. 이제 수채화 물감은 흘러내리고, 나는 기꺼이
끼적거리고, 재발*을 두려워하는 가운데서도 새로 살아 볼 욕구를 가지기 시작했던 것이다.
　　나를 느끼는 것. 오래전부터 종말을 맞을 만반의 준비가 되어 있는,
깃털처럼 가볍게 추방된 존재. 부끄러움 없이 짐승을 밧줄에서 풀어놓기.
이 사람 혹은 저 사람이 되어 보기. 죽은 자들을 깨우기. 나를 작업 동료인
발트안더스**의 누더기로 덮어서 위장하기. 목표를 향하는 가운데 방황하기.
가는 선으로 그린 그림자 아래서 도피처 찾기.
　　말하라, 이제! 자아가 피부를 교체하고, 실마리를 발견해 매듭이 풀리고,
행복이라는 습득물에게 거듭 부를 수 있는 이름이 다시 생긴, 그런 느낌이었다.

---

*　권터 그라스는 심장병을 앓았다.
**　Baldanders. 17세기 독일 작가 한스 그리멜스하우젠(Hans Jakob Christoffel von Grimmelshausen)의 소설
『모험가 짐플리치시무스(Simplicius Simplicissimus)』에 등장하는 요괴로, 한스 작스(Hans Sachs)의 동명의 시에
서 유래했다. 변신에 능한 존재로 그때그때 다른 존재로 변한다.

영원히 새로운 종이 위에

빨간 분필, 연필, 석묵을 가지고서,
잉크와 펜대,
뾰족한 연필, 불룩한 붓과
시베리아의 숲에서 온 목탄,
축축하고 축축한 수채화 물감을 가지고서,
다시금 검정과 하양 사이
수많은 단계의 잿빛으로
그림자의 은빛을 살려 내는 것.
그리고 뮤즈의 키스가 죽음 같은 잠으로부터
나를 놀래키며 깨워
거의 벌거벗기다시피 해
밝음의 세계로 몰아넣었기에
이제 나는 영원히 새로운 종이 위에,
유채에 매혹되듯,
노랑에 홀리고 싶고
또 붉게 타오르고 싶고
가을에 바래고 싶다.
다시 한번 녹색이 깨어나기를 바라면서,
출구를 찾으면서,
푸른 하늘에서 미끄러져 내리는
깃털처럼 가벼이 떠다니면서.

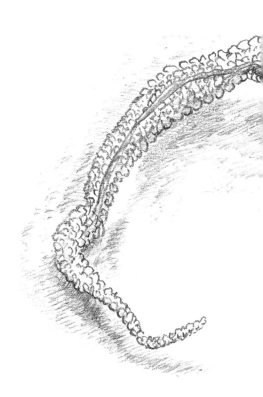

오징어 먹물 물감

거듭되는 꿈, 그 꿈 속에서 나는 중간 크기 오징어의
먹물을 짜낸다. 물속에서 그것은
아주 쉬운 일로, 대담하게 무리를 떠나온
나이아스*와의 사랑과도 비슷하다.
　우리는 오징어의 뒤쪽에서 헤엄쳐 다가가 아무 일도 없는 척
인내하며 기다리다가, 적당한 때라고 느끼는 순간
흡착기를 갖다 대고 오징어의 분비선을 감싼 채
단추를 꽉 눌러 먹물을 빨아낸다.
그러면 오징어는 한편으론 억지로 다른 한편으론 자발적으로,
평상시라면 바로 가까이서 발견된 적을 향해 내뿜는 검은 구름 같은
먹물을 뿜는다.
　처음 내가 너무 성급히 오징어 먹물을 얻으려고 했을 때
오징어는 종종 먹물을 방출해 버렸다. 수확도 없이 시간만 지나가고,
나는 숨이 가빠져 다시 물 위로 올라오곤 했다. 오징어로부터 먹물을 짜내는 건
물의 요정을 행복하게 해 주는 것처럼 연습이 필요하다.
　그 이후부터, 은유를 빌려 쓰자면, 우리의 검은 우유는
나사로 죌 수 있는 유리컵들 안에 저장되곤 했다. 걸쭉한 추출물, 붓과
꺼칠꺼칠한 펜 스케치를 위한 먹물 말이다. 그 끈적끈적한 물질로는 근사한 줄무늬가
그려진다.
　먹물로 그린 그림들에서는 오랜 시간 동안 냄새가 난다. 처음에는 신선한 냄새가, 그러
다가 점점 더 톡 쏘는 냄새가.
특히 습도가 높은 날이면 오징어 먹물 물감은 그 유래를 상기시킨다.

---

* 그리스 신화에 나오는 물의 요정.

끝없는 붓질

왼편 아래쪽에서 올라가며
여러 단계로 농도를 달리하고, 망설이다가
과감히 방향을 틀고, 아래쪽으로 구르듯 떨어지다가
제자리에 멈추고, 비틀거리지만 끊기지 않고,
다만 하나의 호를 둥그렇게 그리며 빙그르르 돌다가
그 자리에 모습을 드러내고는 도움닫기를 하여
거의 밖으로 빠져나갈 듯 잘못된 방향으로 가다가,
금방 다시 계속 더 달린 후,
한 얼굴—여성의 얼굴—의
굴곡진 풍경을 그리려 시도하면서
세심하게 방책을 마련하고는
식물이 무성히 자란 그곳,
여기저기 텅 빈 섬들을 비워 둔 채
서로 교차시키고, 피해 가고, 부르면 들리는 가까운 곳에서
귓바퀴 속으로 기어가는 바로 그곳,
거기에 하나의 필법이 깃들어 있으니,
그 필법엔 어떤 목표도 없고,
그 호흡은 오직 그 자체로만 의미 있으며
결코 지치는 일 없도다.
물감이 흐르는 동안에는.

무기력

무기력이란 오래된 단어. 진게 화장한 수녀들이
활기를 찾기 위해 각성용 향수병을 코밑에 가져가던
옛 시절, 무기력은 사교적 기능을 갖고 있었지.
이런저런 힘에 저항하는 행동을 하지 못한 것에 대한
손쉬운 변명을 제공했거든.
하지만 이제 그것은 천지 사방에서 위력을 떨치고 있어.
　　파산(破産)이 긴급 자금 대출로 구제되거나 도산한 은행들이 겨울을 넘길 거라고,
당장은 아니더라도 곧 회생할 것이고
심지어 형편이 더 나아질 거라고 온 세상이 믿게 만드는 동안에도,
시간이 남아돌기라도 하는 양 시급한 현안들이
회기에서 회기로 연기되는 동안에도, 우리는 자유의사에 의해 스스로
전면적으로 서로 연결될 만반의 채비가 되어 있지.
　　24시간 이용 가능. 시야에서 벗어날 수 있는 곳은 세상 어디에도 없어.
마우스 클릭 한 번으로 온갖 것이 파악되고, 베이비파우더가 필요했던 어린 시절까지
데이터로 저장되어 있어.
아무것도 사라지지 않아. 값싼 가게, 극장, 화장실로의
일상적인 출입 기록까지 모두 영원히 남아. 사연 구구한 우리의 사랑 이야기도
손톱 크기의 칩 속에 다 저장되지. 이제 은신처란 없어.
모든 것은 언제나 시선 속에 있어. 잠조차 누군가가 지켜봐. 이제 혼자인 건 절대로 불가능해.
　　무엇을 해야 하지? 나는 무기력하게 포기하며 주어진 것 앞에서 체념하고 있어.
안경과 담뱃잎과 파이프 사이에 핸드폰이 없어. 그러니 어느 누구도 내게
인터넷 서핑이나 구글 검색이나 트위터 하는 법을 집게손가락으로 가르칠 수 없지.
나는 친구들과 적들의 수를 헤아리는 페이스북도 하지 않아.
남몰래 나는 깃펜 쓰는 걸 즐겨. 때로는 나직이 소리 내어 혼잣말을 지껄이기도 하지.
쇠똥 이야기, 병(瓶) 귀신 이야기, 개미들의 진화 개념도 등장해.
하지만 내 가장 중요한 화두는 폭력이야. 이런저런 이름으로 불리지만
결국엔 이름도 없는 그것.
　　어떤 소리도 그것을 끈질기게 경고하지는 않아. 폭력은 과대평가된 어리석음을 먹고살지.
한때 종교적인 장식을 달았던 편재(遍在)함이 이제 무덤덤하게 다가와

문명사회의 증명서 행세를 해.

하지만 절대로 아니야! 그것은 모든 것을 빤하게 만들어 버리고 기억을 말소시켜.
책임감을 없애 버려. 의심을 지워 버려. 자유를 참칭해.
우리는 금치산 선고를 받은 채 버둥거리며 네트워크 속에서 살고 있는 거야.

저녁 기도

내가 어렸을 때
사지가 얼어붙을 만큼 나를 경악시켰던 것은
"신께서 모든 것을 보신다."라는 구호로,
사방 벽에 쥐테를린체*로 쓰여 있었다.
하지만 신이 죽은 지금,
무인(無人) 드론 하나가 하늘 높은 곳을 선회한다.
드론의 눈은 나를 지켜본다,
깜박이지도 않고 결코 잠드는 일도 없이
모든 것을 저장하고 아무것도 잊지 않으면서.

어느새 나는 아이가 되어
더듬더듬 기도를 읊으며
은총과 용서를 간청한다.
한때 나의 입술이 잠자리에 들기 전
모든 타락에 대해 용서를 빌었던 것처럼.
고해소에서 나는 내 속삭임을 듣는다.
오, 친애하는 드론이여,
나를 경건하게 해 주소서,
내가 당신 천국에 들 수 있도록.

---

* 2차 세계 대전 전까지 쓰이던 독일어 필기체.

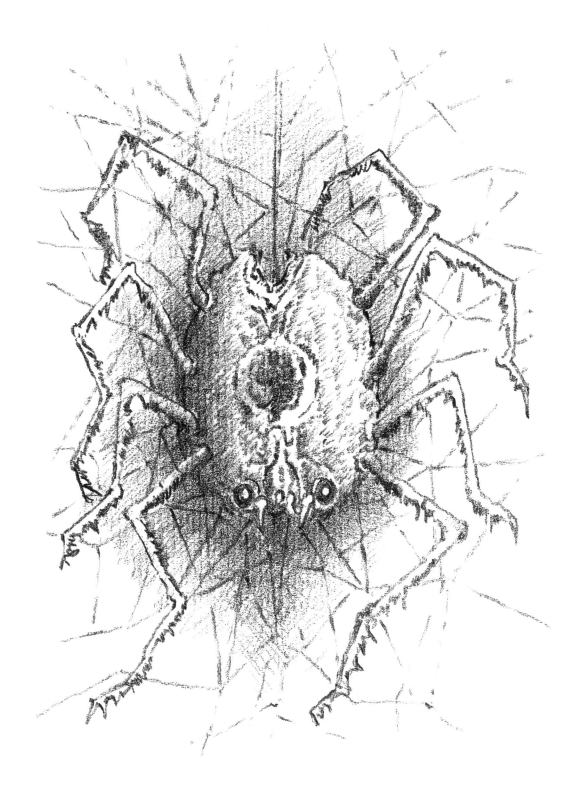

남은 것

사람은 얼마나 단순해져야 하는가, 가을이 내던져 버린 모든 것을,

열매가 맺힌 후 잎의 다양함을 알아보려면.

수북이 쌓인 낙엽. 단 하나의 잎. 메말라 가면서 그것은 환희에 찬 모습으로

한껏 팔을 벌리고 몸을 말며 법열(法悅) 속에서 굳어 간다. 온갖 갈라진 균열,

부챗살 모양을 만들며. 희미한 그림자를 던지는 날카로운 모서리들.

녹색은 잊혀 불그레해지고, 썩어 가는 사과, 배, 벌레 먹은 자두 들과 하나가 된다.

잎들이 계속 떨어진다, 바람 한 점 없는데도.

　그것들은 갈지자를 그리며 떨어진다. 어디로 갈지도 모른 채 멈칫거리다

동료들에 합류하거나 홀로 떨어진다. 그리하여 나무와 가지는 벌거벗은 채 첫서리를 기다

린다. 이제는 오로지 정물(靜物)들만이 남았다.

나는 몸을 숙여 읽기를 배운다. 아무 글도 적혀 있지 않은 잎은 없는 법.

학생 시절 나는 부채꼴 마로니에 잎에 아이헨도르프*가 남긴 시 한 편을

외울 수 있었지.

하트 모양 잎들엔 트라클**의 발자국이 남아 있고,

그 발자국은 한 글자 한 글자 엄숙한 정원으로 우리를 이끌어 가지,

낯선 자, 그가 꿈속에서 제바스티안을 만나는 그곳으로.

　비밀들은 이제 헐값에 주고받는 것. 더 이상 고통스러운 질문도 없다.

단풍나무가 옷을 벗었을 때, 더듬거리는 사랑의 소린 요란했었지.

은유는 염가 대매출. 소설의 서두, 마지막 줄,

하나의 선언이 소리 높여 외치네. 헛되고! 헛되도다!

아이처럼 옹알거리는 기도. 간명하고 결정적인 것.

문장 중간에 중단되는 것. 끝나지 않은 편지들.

저주와 증오의 노래, 오랫동안 찾던 각운을 책갈피 속에 새겨 넣었지.

줄거리 하나가 떠오르고 있어. 포플러 낙엽으로부터 전개되는

범죄 이야기인데, 그 결말은 아직 허공 속을 떠다니고 있어.

그리고 그 모든 것 위에 가을의 입 냄새가 감돌지.

---

* 　요제프 폰 아이헨도르프(Joseph von Eichendorff, 1788~1857). 독일 낭만파 시인이자 작가.

** 　게오르크 트라클(Georg Trakl, 1887~1914). 오스트리아의 시인.

달팽이 편지

죽은 친구들에겐 긴 편지를 쓰고,
오래전에 몸을 벗은 사랑하는 이에겐 짤막한 비탄의 편지를 쓰노니,
장식 무늬가 없어 읽기 수월한 글자들,
구불구불 흘러가는,
아니, 찌르듯 날카로운 문장들이
시간을 꿰뚫고 지나간다.
마치 한 순간도 지나가지 않았다는 듯이.

그리고 나는 증인으로서 부지런하게 보고하려 한다,
사라져 가는 현재, 서두름과 권태에 대해,
주식 시세, 아이들이 잘 걸렸고 지금도 잘 걸리는 간질병에 대해.
그동안 얼마나 많은 손자들이 내게 선물로 주어졌는지,
어떤 새로운 말들이 새로이 유행했는지,
어떤 말들이 오래 사용되다 사라졌는지에 대해서도.

아아, 죽은 친구들이 그립다.
내 비밀의 방에 그 이름을 생생하게 간직해
끝없이 부를 수 있는 내 연인도 그립다.
기다리면 답장이 올 것인가.
아침 바람이 촘촘하게 글이 쓰인
알록달록한 낙엽들을
문 앞으로 흘날려 보내 올 때까지.

길 떠난 지 오래인
달팽이들이
보통 우편으로 안간힘을 쓰며
오는 것이 보인다.
매일 밤 달팽이들의 점액질을 참을성 있게 해독하는 나의 모습이,
저세상 친구가, 내 연인이 쓴 편지를 읽는
나의 모습이 보인다.

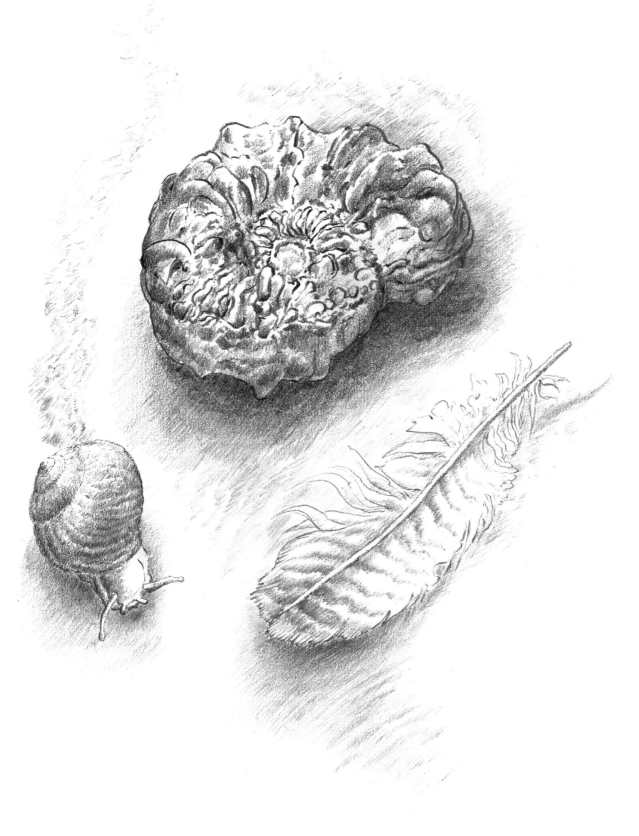

마음속 소음

나는 혼자서 뭐라고 중얼거리는가? 누구와 말을 하는가?

누가 충고를 하고 또 말리는가?—입식 책상과 입식 책상 사이에서 왔다리 갔다리.

이미 시작된 것은 끝나려 하지 않고, 완결된 것은 그렇게 보일 따름이다.

감추고 있는 말. 시험 삼아 침묵하기.

　　기침을 하고 기관지 노폐물을 내뱉는 것은 누구인가?

빼꼼하니 열린 문틈 사이로 이따금 떠다니는 천사는

친절하고 공손하게 속삭이는 소리로, 책임지겠노라고 속이려 든다.

모든 것에 대해서, 무(無)에 대해서.

　　이제 침묵을 명받는다.—누구의 명령인가?

들리는 건 내 마음속 소리뿐. 탁자에서 단단한 것이 떨어진다. 이번에는 가위다.

어제는 지우개가 떨어져 바닥에 부딪힌 후 세 차례 통통통 튀었다. 그러면 내일은?

　　두꺼운 책 두 권 사이에 낀 얇은 책 한 권이

시(詩)로 나를 유혹한다. 그 시들 안에서 가을 낙엽이 바스락거린다.

조금 전 손님이 왔다 갔지만 아무 흔적도 남지 않았다.

창가에 남은 마지막 파리들이 왼쪽 귀를 간질인다.
아니, 차분하게 있지 못하는 것은 나인가?
　　그동안 잃어버린 것들을 거듭해서 다시 헤아려 본다
계획들을 벽에 핀으로 고정하고, 실과 득을 기록하고,
잉크를 낭비하며 종이를 얼룩지게 하고 구긴다.
오래 묵은 다툼을 재가열하는 동안 숨이 그렁거린다.
하지만 무엇이 문제였는지 모르겠다.
　　이제 헛기침이 제 존재를 드러낸다. 누군가가 가까이 오지만 모습을 드러내지 않는다.
나는 유행가를 흥얼거린다. 유행가 속에서 빗방울이 규칙적으로 운을 맞춘다.
이제 내 보청기의 완고함에 걸맞은 고음이 들려온다.
지붕 아래서 무언가가 덜컹거린다. 그건 내가 아니다, 거기 살고 있는 담비다.

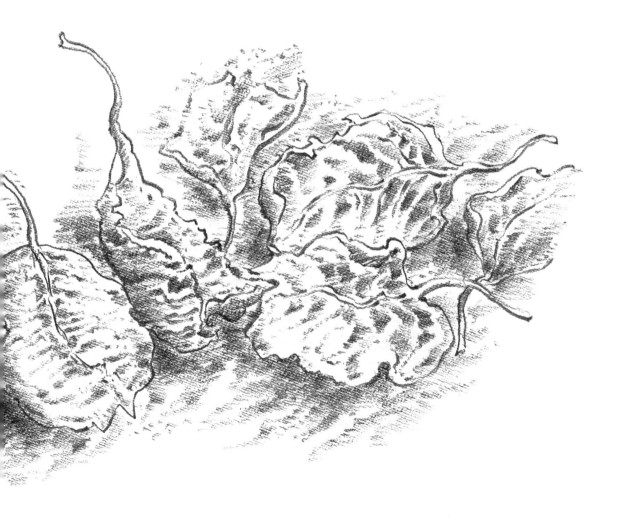

혼잣말

잘게 씹어 으깨어진 단어들만 가지고
나는 그에게, 그는 나에게 귀를 기울인다.
바로 나 자신인 그는 뜯어말리고,
제안하고, 속이고,
울고 웃는다.

그는 기분이 나빠도 좋은 척,
나를 전염시켜 우리는 함께
명랑함 속으로 빠져든다.
그 명랑함을 위해선 다른 무엇도 아닌
오로지 한 줌의 코담배만이 필요하다.

그는 침묵하고 나는 그에게 말한다.
우리에겐 둘 다 죽은 친구들이 있고,
생생하게 살아 있는 많은 적들이 있다.
나는 내 적과 친구들을 헤아리고,
그는 그의 적과 친구들을 헤아린다.

이제 우리는 여성들의 목록을 작성한다.
단 한 번, 여러 차례, 여러 달
침대에서, 카펫 위에서, 선 채로
사랑을 나누고 싶었던 여성들.
문자 그대로 마음은 그렇게 먹었지만,
실제로는 침묵하고 말았지.

지금 우리는 서로 다투고 욕하는 중이다.
그가 더 이상 확신하지 못하고, 그의 목록에
셋이다, 다섯이다 우기기 때문이다.
그러고 난 후에 종종 그렇듯

이제 우리는 슬프다.

이제 그는 내가 되려고 하고, 나는 그가 되려고 한다.
다시는 미워하지 않을 친구가 되려고 한다.
우리는 거듭해서 맹세한다.
마지막까지 서로 이야기 나누고,
가끔은 농담도 하기로.

우린 죽음에 대해서도
생각이 같다.
바로 그것만이,
가구도 없는 무(無) 속에서 일어나는 일만이
영원히 푸르른 질문으로 남는 법이라고.

긴 호흡으로

시간이라는 파쇄기조차 두 번 세 번 평생 곁에 두고
거듭 읽은 라블레의 책들로부터,
그가 주조한 언어나 신랄한 조롱으로부터 아무것도 앗아 가지는 못했어.
그리하여 나는 라블레를 실컷 읽은 적이 한 번도 없었지.
젊은 시절 파리에서 파울 첼란이 레기스의 번역을 읽어 보라고
지나가는 말로 권했을 때도,* 중년에 들어 내가 '넘치'라는 해면체를
트렁크에 넣은 채 침대에서 테이블로,
그리고 테이블에서 침대로 도피처를 찾았을 때도 그랬어.
조용한 시골에서 불안하게 칩거하는 지금도 마찬가지야.
언제나 냄비 가득, 솥 가득 이야기를 담고 있는 그 책은
막 인쇄된 듯 따끈따끈하고 신선함을 잃지 않는 듯 보여.
그러나 그 작가는 검열에 쫓기고, 평생 이단 심문을 두려워했지.
짐이 있거나 없거나 길을 가면서도 그는 저항 정신을 포기하지 않았어.
　　한때 그를 거듭 시골로 피해 다니게 했던 그 강압과 불안은
시대정신으로 포장되긴 했어도 그대로 남아 있어.
엄격한 방식으로 쓰여진 판결 문서들은 물론 그 모습이 변해 왔지.
하지만 글을 쓴다는 것은 언제나 변함없이 간질간질한 욕구일 따름.
실꾸리로부터 '계속'이라는 실을 풀어 내는 자는 모두 긴 호흡을 갖추어야 해.
특히 책이 그대들보다 더 오래 살아남는다는 확실한 자부심을 가져야 해.
보잘 것 없는 사기꾼과 고문 기술자들, 위선자와 유급 합창단원들,
떼를 지을 때만 용감한 불평가들, 얍삽하게 공부한 문맹들과
—그대들도 짐작하다시피—결정적 한마디를 결코 하지 못할,
화면발 잘 받는 사형 집행인보다 책은 오래 살아남을 테니까.

---

* 번역 소설을 섭렵했던 귄터 그라스에게 파리에서 만난 루마니아 시인 파울 첼란은 고틀롭 레기스(Gottlob Regis)가 번역한 라블레의 소설을 읽어 볼 것을 권했다.

내겐 힘이 없어

거친 통나무는 거친 도끼로 쪼개려 해.
저 옛날 라블레 박사가 1550년에
장광설을 펼치면서─『팡타그뤼엘』제4권 서두에
나와 있듯이─도덕 파수꾼들의 영원 회귀를
대담하게 조롱했듯이 말이야.
그는 그 시대의 모든 교황과 수도복 입은 자들을 향해
미사 통상문을 거꾸로 읽었고,
경건한 사고방식이라는 수프에 오줌을 갈겨 주었지.

그렇게 나는 오늘날에도
언론과 방송의 엉터리 돌림 노래들을 조롱하고 싶었어.
하지만,─아!─거짓의 실타래들이
너무도 복잡하게 얽혀 있어
이전에 메돈의 목사가 그랬듯 나의 혀는 마비되고 조롱은 무뎌졌어.
소금기는 사라지고 분노도 희미해졌어.
분노가 불꽃을 일으키고 뇌관을 건드려
불타오르기도 전에 말이야.
우리 시대 시끄러운 염탐꾼들의
코를 괴롭혀 줄 방귀조차 나오지 않으려고 해.
내게 처방된 대로 커다란 대접 가득
불린 콩을 마구 먹었는데도 말이야.

그리하여 나는 여러 밤 동안 내 생기를 돋워 주었던
그 책을 옆으로 치우고,
가르강튀아와 그의 아들, 그리고 신성 모독이 버릇인
달변의 패거리에게, 그래, 트림을 하면서,
배불리 먹게 해 주어 고맙다고 말했어.
거친 통나무를 거친 도끼로 쪼갤 힘이 이젠 내게 없어.

알 속에서 살기

오십 년 하고도 몇 년도 더 전에 나는
첫 번엔 우유부단한 산문으로,
그다음엔 예언자적 확신을 가지고
알 자체에 대해 여러 연으로 된 시를 썼고,
두 작품의 제목은 모두 「알 속에서」였지.
어쨌든 나는 인간 종이란 이 불변의 원형 내부에 산다는 것을,
시 말미에 주장했듯 맑은 날이든 구름 낀 날이든
우리를 문자 그대로 프라이팬에 깨 넣고 소금을 뿌려 굴복시키는
다양한 이름을 한 외부의 폭력에 대해,
우리를 부화시키는 것은 누구인가 하는 질문에 대해 사색하고
그에 대해 끊임없이 끼적이는 존재라는 것을 확신하게 되었어.
　　하지만 최근에 이런저런 교묘한 방식으로
우리를 둘러싼 껍질을 스스로 깰 수 있게 되었기에,
내 작은 정원엔 온갖 불안이 잡초처럼 자라나.
그러므로 우리를 계란 스크램블로 만들기 위해선
어떤 초지구적 방종이나 신이 의도하신 식욕도 필요 없어.
　　어느 날 우리가 알 낳는 과정을 능률화하여,
이를테면 주사위 모양 닭을 키우고 그에 맞는 알을 낳게 하더라도,
얼마 안 가 우린 그 새로운 상품에 싫증이 날 거고,
빈약한 육면체의 형태로 약속했던 약간의 확실성을 파괴하고 말 거야.
아무리 그것이 시장 원리에 따라 소비를 증대시킨다 하더라도 말이야.

애초에 무엇이 먼저였던가

금요일이면 아이들은
겨자 소스에 담근 계란을 먹어야 했어.
어른들은 잔치가 있을 때면 혀를 길게 뺀 채
계란을 넣은 리큐어를 홀짝거렸지.
전쟁 전에 나온 요리책에는 이렇게 쓰여 있었어.
계란 열두 개를 깨뜨려 휘젓고 또 휘저을 것⋯⋯.

지금은 방목해서 기른 닭이 낳은 달걀이 제공돼.
아침 식사로 완숙 달걀 딱 한 알만 허락되지.
그것엔 승인 도장이 찍혀 있고
가격도 있어.
반숙으로 삶은 부드러운 달걀을
한 스푼 한 스푼 떠 먹는 것도 맛있지.

이전보다 우리는 건강을 잘 돌봐.
과체중의 복을 축소하기 위해
공들여 다이어트도 하지.
가정에는 평화가 감돌아. 우리의 무기들이
밖으로 충분한 효과를 보여 주니까.
다만 이따금 이런 문제가 제기되지.
애초에 무엇이 먼저였던가,
닭인가, 알인가?

남은 이[齒]들과의 이별

이미 수년 전부터 내 위턱에선 주민 수가 감소했어.
아래턱에선 몇 개 안 남은 이가 틀니를 겨우 지탱해 주었고.
하지만 그 덕택에 살아갈 수 있었고, 특히 가루로 된 접착제가
위쪽 의치에 도움이 되었지. 달그락 소리만 들어서는
내 치아 상태를 전혀 알 수 없었어.

    그러나 얼마 전 아래턱에서 버티던 이 네 개 중 두 개가,
그러고 나서 다시 하나가 신경이 드러나지는 않았지만
잇몸에서 떨어져 나가고 금으로 덮어씌운 하나 남은 이가
경건한 척 반짝거릴 때, 다시 말해 거울을 통해
멸망의 장면에 직면했을 때 나는 알게 되었지.
어머니가 비단 주머니에 보관했던 저 유치(乳齒)들을
회상해 볼 시간이 왔다는 것을. 그 주머니는 전쟁이 끝날 무렵까지
보관되었던 것 같은데, 피난 짐에는 포함되지 않았어.

    아아, 그것들은 얼마나 순진무구하게 진주처럼 반짝였던가. 그리고
그것들의 시간이 지나가 버렸을 때, 그것들 모두가 이주해 버렸을 때,
말하자면 간니가 나기 시작할 무렵 성급하게도 나는 어른이 되었다고 믿었지.

    그것들은 규정대로 서른두 개였고, 그건 인상적인 수였어.
사춘기와 더불어 모습을 드러낸 하악전돌증(下顎前突症) 증세를 보인
아래턱 이가 일찍 빠지리란 것을 예고했지만 말이야.

    그리고 이제 완전히 홀로 남은 이는 튼튼함을 증명하고 싶어해.
문드러진 뿌리로부터 떨어져 나온 세 동료들이 한때 그랬듯
그도 황금빛으로 뻐기긴 하지만, 내가 밤에 익숙한 손놀림으로
나의 세 번째 이, 즉 틀니를 물을 가득 채운 잔에 넣고는
발포 알약으로 세척할 때면 쓸쓸해 보여.

    단 하나 남은 마지막 이, 그것은 내 어린 손주들을 놀래키는 데만 쓸모 있어.
나는 입을 한껏 벌리고 지옥의 웃음을 흉내 내거나 우물거리면서 이야기를 들려주지.
안데르센의 용감한 외다리 주석 병사처럼,
하나 남은 내 이가 떠나는 흥미진진한 모험 이야기들을.

심연 위에서

기우뚱거리면서 걷고 정서저요료는
만성 현기증에 시달리던 나는
중심을 잡으려 했으나,
영원하고 단단하리라 믿고 싶었던
복합문이 내 가짜 이들 사이에서 망가져 버리자
저 가지를 붙들고 말았어.
그 가지는 뒤러의 동판화 시대 이후로
울퉁불퉁 그림 속으로 밀고 들어가,
심연의 가장자리에 뿌리 내리고 있지.
나는 이제 그 위에 걸려 있어,
희극적으로 흔들거리며
이도 없는 광대가 되어.

마지막 이

마지막 이가 기행할 데 없어 빠지는 대로,
아니면 미리 뿌리째 뽑아야 한다면,
나는 그것을 솜 위에 얹고, 둥글게 만 편지와 함께 병에 넣어
헤엄쳐 가는 우편물로 발트해의 웅덩이 속에 던져 넣을지 몰라.
그러면 그 이는 호의적인 조류를 타고 카레가트해협을 통해
북해로 흘러 들어가고, 마침내는 대서양에 도달하겠지.
어쩌면 희망봉을 돌아 태평양까지 흘러가
파도에 밀려 그림책 속 섬의 해안에 이를지도 모르고.
그곳에서 나의 이는 온전하게 도착한 병을 발견할 남자를 만나거나
무덥고 습한 청춘이 꿈꾸는 여성을 만나게 될지 몰라.
물론 그녀는 그걸 던져 버릴 테지만.
　　그 이는 펜던트의 진주처럼, 성탄 트리의 장식으로
―그리고 가족 관습에 따라―청동제 물고기 가시와 말린 거북 사이에
자리를 잡고 그 빛나는 모습에 찬탄의 대상이 될 수도 있을 거야.
　　혹은 내 치과 주치의가 정품 인증서를 발급해
곤경에 처한 은행장을 위한 경매에서
그럴듯한 가치가 있는 경매 품목이 될지도 모르지.
내 이름이 아직 유통 가치를 갖는 동안이라면 말이야.
　　또 다른 경우는 떠오르지 않아. 나의 어느 것도 신성하지 않으므로,
그 이가 성유물(聖遺物)로 남을 리는 거의 없어. 만일 그게 끝까지
남아 있는다면, 나는 그걸 무덤까지 데려갈 수 있을 테지.
　　아니, 누군가에게 그걸 줘야만 해. 그렇다면 누구에게?
어떤 아이, 어떤 손주가 선택되어야 한단 말인가?
아니면, 내가 그 이를 바깥에 버려 까치가 어떻게 할 때까지…….
　　내 마지막 이는 아직 버티고 있고, 무의미한 아름다움을 지키고 있어.
실도 물어 끊지 못하고 호두도 깨지 못해.
어쨌거나 무상함의 상징으로 오용되어도 어쩔 수 없는 일.
그래서 나는 거울 앞에 앉아 틀니를 빼고 입을 딱 벌린 채
자화상 속에 그 이를 영원한 것으로 남기지.

나는 아직도 망설여. 검은 잉크가 나을까,
열은 색 석묵이 나을까, 그 이에 지속성을 부여하려면?
내 마지막 남은 이가 문제를 던지는군.

자화상

잇몸으로 씹는 사람, 오물거리는 늙은이,
한 술 한 술 죽만 떠먹는 자,
밤사이 물컵 속에 깨끗하게 보관하는
세 번째 이, 틀니도 없으면 좋으련만.

남김없이 뱉어라, 뱉어라, 뱉어!
한 방울도 남아선 안 돼.
수집가가 부지런히 모아 둔
콧물도 떨쳐 버려라.

썰물 때 걷는 거지,
한 걸음 한 걸음.
발자국으로 남아 제 존재를 알리는 그것을
밀물이 삼켜 버릴 때까지.

오래전부터 호흡은 가빴지만
이제 마지막으로 하나 남은 이를 가지고
아니야, 아니 아니야, 아니라고만 할 거야.
결코 그래, 그래라고 하지 않을 거야.

오래된 이 노래는
몇 구절만으로 살아가지.
그 노래를 부르는 자, 그자에겐
황무지도 메아리 없는 예행 연습실이 되는 거야.

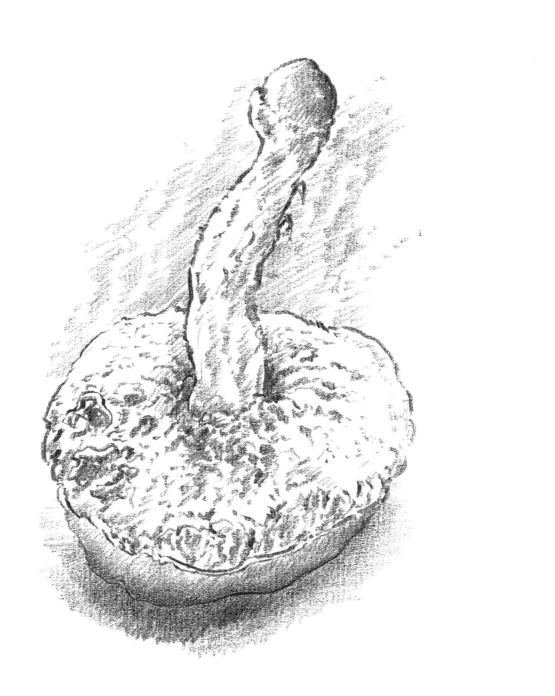

따로따로 그리고 마녀들처럼 원을 이루고 있는 것

　　이따금 찾아 나서도 잘 보이지 않다가, 며칠 비가 온 후
다시 태양이 따스하게 비칠 때면 그것들은 이끼 사이에서 솟아났고,
잎사귀들을 들어 올렸으며, 노간주나무들 사이에 따로따로
그리고 마녀들처럼 원을 이루며 무리지어 황무지를 점령했지.
산그물버섯, 삿갓버섯, 말불버섯 무리, 신선한 이끼머리버섯,
오리나무와 자작나무 근처의 껄껄이그물버섯, 침엽수 아래의 맛젖버섯,
맛깔스러운 뿔나팔버섯 말이야.
　　나폴레옹이 통치하는 동안 나는 조피와 함께 한 장(章) 내내
버섯을 따러 다녔고,* 나중에는 그대,** 그대와 함께 다녔지.
모두 각자의 바구니에만 신경을 쏟았어. 그리고 우리는 서로에게 경고했지.
저건 아니야, 저것도 아니야. 저건 땀버섯이고, 저건 독이 있어!
　　우리는 다시 개간되고 있는 곳, 콘크리트 지대, 스낵 코너,
판석 깐 길 등등을 속속들이 알고 있었어. 하지만 여전히 숲 가장자리나
떡갈나무 아래 어둑한 곳엔 버섯의 왕 그물버섯들이 남아 있어.
　　종종 냄새에 홀려 쫓아갔지만 그 냄새는 우리를 기만했어.
버섯에서 나는 그것이 보여 주는 것 이상을 봤어. 체르노빌 이후
우리는 채취를 중단하고 여러 해 가을 동안 망설였고, 커피를 마시고
케이크를 먹으며 오염된 숲의 토양과 반감기에 대해 얘기를 나누었어.
하지만 그 후엔 두려움이 차츰 가라앉았고, 온화한 가을날이 우리를 유혹했지.
　　그것들 모두가, 심지어 미끈미끈한 비단그물버섯조차 우리를 끌어당겼어.
따자마자 깨끗이 씻고, 구더기를 털어 내고, 얇은 조각으로 썰었지.
그것들의 향기는 육체의 사랑을 상기시켜.
주철 냄비 안에서 그것들의 즙을 내고 크림 한 주걱을 넣어 휘젓고 파슬리를 뿌리면,
어떤 버섯도 믿지 않던 친구들조차 맛을 느끼는 거지.

---

* 　권터 그라스의 『넙치』 6장에 나오는 이야기.
** 　작가의 아내 우테 그라스를 가리킨다.

정주민이 된 어느 여행자의 비탄

높은 곳에서 내려다보이는 전망은 가진
알프스를 포기하는 건 언제나 쉬운 일이었어.

네팔은 나를 유혹한 적이 없고,
노이슈반슈타인 성은 내게 두려움이었을 뿐.

나는 혼자 그리고 아이들과 함께 머리를 숙인 채
한 걸음 한 걸음 해변을 거니는 자였어.

아아, 나의 잃어버린 포르투갈이여,
그대의 남서 해안이 너무 보고 싶구나.

모로코여, 유럽에 지쳐 파이프 담배를 피우면서
그대의 사막을 바라볼 기회는 이제 없구나.

오로지 손가락으로 지도 위를 여행할 뿐,
여권도 짐도 없이.

가을은 고통스러워. 저 멀리 오리나무 숲속
하얀 버섯 기둥 위로 광대버섯들이 자라고 있기 때문이지.

포기는 어려워. 어떨 때는 쉽지만,
또 다른 때는 비탄을 불러일으키니까.

내장들

    푸줏간에 암소 위장이 막 빨아 놓은 때수건처럼 걸려 있고
커다란 냄비에 넣어 요리할 얇게 썬 창자를 쉽게 살 수 있었을 때,
나는 가족의 요리사로 흰콩이나 토마토 소스를 곁들여
푹 끓인 이 맛난 요리를 식탁에 올려놓아 번번이 아이들을 깜짝 놀래켰어.
    요즘에도 내가 겨자 소스에 담근 돼지 콩팥 요리라든지,
꽃양배추와 으깬 감자를 곁들인 빵가루 입힌 뇌 요리를 칭송하면,
아이들은 "징그러워!" 하고 비명을 질러. 쇠간이라든지, 송아지 췌장,
심지어는 다진 허파 따위를 슬쩍 암시라도 하면
구역질을 하며 몸서리 치지. 살짝 양념한 육수에 담근 닭똥집이나
흑빵 위에 얹은 소금 뿌린 소 골수는 아이들을 경악시켜.
"토 나올 것 같아!" 하고 소리치며 몸을 부르르 떨지.
    한때 입맛을 돋우던 것들은 이제 금지되는 수모를 당하고 있어.
도살된 고기는 원래 모습을 알아보게 해선 안 되고,
돼지 머리는 젤리처럼 굳힌 아스픽으로만 가공돼야 해.
한때 꿀꿀, 음매, 꼬끼오, 히히힝거리던 것들이 소시지로 만들어지지.
최근에 나는 오래전에 죽은 친구들과 신나게 식사를 한 적이 있어.*
짐승들의 풍성한 내장을 위주로 차린 메뉴였지. 그들은 다시
입맛을 다시며 요리를 칭찬했고, 옛날 음식들에 대해 이야기했어.
초대받은 결혼식에서 애피타이저로 구운 대구 간 요리가 나왔고,
이어서 피에 바짝 조리고 건포도로 달콤한 맛을 더한 거위 내장 스튜가
나왔다는 이야기였지. 내 안의 요리사는 이제 가면을 벗고,
—비유에 불과하지만—아이들을 놀래키는 아버지로
모습을 드러내고 말았던 거야.

---

* 작가의 자서전 『양파 껍질을 벗기며』 중 「식탁에 초대된 손님들」에 나오는 장면을 가리킨다.

한땐 그랬지

소 심장을 냄비에 넣어 뚜껑을 덮고
약한 불로 뭉근하게
두 시간 반 정도 넉넉하게 삶았어.
소 심장은 실로 단단히 묶는데,
심방들에 말린 자두를
가득 넣었기 때문이지.

손가락 굵기로 썰고
삶은 버섯들을 빙 둘러
공공연한 사랑을 과시하며 식사로 내놓았으니,
이 얼마나 매혹적인 광경이었던지.
그러나 이제 그 요리는 식고 무시당한 채로
내 앞 접시 위에 놓여 있을 뿐.

씨앗을 뺀 자두 위에
문질러 으깬 육두구 씨앗과
계피 가루를 충분히 뿌렸음에도
입맛은 나지 않았어.
오래전부터 식욕을 돋우고,
또 돋우던 양념들이건만……

화폐 유통에 대하여

　도처에서 방언으로, 기다란 논설 기사로, 더 나아가
평판 텔레비전 화면과 인터넷에서 종일토록 가치의 전반적 하락을
한탄하는 소리가 들려왔어. 그런 말이 인기를 끄는 동시에
경멸적인 논평을 불러오기도 하는 가운데, 돈은 끊임없이 새로 인쇄되고
거짓 거래를 위한 투기적 이익의 수단으로 온 세상을 돌아다녔지만
실제로는 소모성 질환을 앓고 있었던 거야.
급경사의 궤도 위에서 경주가 벌어졌는데 목표 지점 바로 앞에서 승자가 탈진하고 만 거지.
　그러자 사적으로 공적으로 회의들이 열리고 근본적인 질문들이 하나씩 쏟아졌어.
"돈은 필수불가결한 것인가?" 혹은 "돈 없이 사는 것은 어떤 것일까?"
혹은 "돈 없는 시대는 우리에게 위협인가, 편해질 기회인가?"
　은빛 수염을 한, 기껏해야 중고품으로만 돌아다니는
무정부주의자들의 말이 인용되었지. 자연이 수확을 거두는 동안
혼란스러운 이념들이 나뭇잎들과 함께 하늘에서 떨어졌어.
옛날 저 옛날에 조개들이 지불 수단으로 그 가치를 입증했던 것처럼
앞으로는 도토리가, 그리고 잔돈으로는 너도밤나무 열매가
손에서 손으로 전해져야 할지도 몰랐어.
　밤늦은 시간에 발언권을 얻은 철학자들은 급진적인 입장을 취하며
화폐 제도의 붕괴를 본질로의 회귀라고 칭송했지.
심지어는 프란치스코라는 이름으로 불러 달라고 하는 새 교황조차
오랫동안 사람들이 바라 마지않았던 대로 비판적 입장에서
돈에 대한 탐욕과 바티칸 은행에 교황의 축복을 내리기를 거부했지.
　그 이후 한때 잉여 버터 재고가 그랬던 것처럼
빚더미가 자라났고, 11월에 그 빚더미는 구름 천장을 뚫어 버렸어.
그 후 이익에 중독된 금융 곡예사들이 중독 치료 시설로 들어가
스스로를 구제하는 중이지.
그 이후 성경이 증언하는바 악마의 것인 이자는 더 이상 존재하지 않아.
　그럼에도 우리는 부지런하게 절약할 것을 다시 소망하고 준비하고 있어.
왜 그래야 하는지, 무엇을 절약해야 하는지는 모르지만.

프랑크푸르트 암 마인*에서

돈이 깃드는 곳에
불안이 이사해 들어오는 법.
법적으로 보장된 임차인 보호 덕분에
몰아낼 수도 없으니,
불안은 증권 거래소 앞에서 소란을 떨며
검은 금요일을 연출하는 아이들을 낳는다.

---

* 독일의 금융 및 무역의 중심 도시이다.

일상적인 것

단신 뉴스에서 일어나는 일은 쏟아지자마자 스며들어 사라지는
집중 호우 같아. 하지만 나는 기억해.
가까운 소도시에서 생일 축하 잔치를 하는 동안
우연히 엘프리데라는 이름이 들렸을 때
분노가 몇 개의 의자를 박살 냈고,
짧지만 피를 본 격투가 벌어진 후에도 손님들은
남은 의자에 다시 앉아 아무 일도 없었다는 듯 수다를 떨었지.
    그 며칠 후 한 주요 신문 경제란에 독일의
고도 정밀 산업에 관한 상세한 기사가 실렸어. 세계 대전 시기의 군수 업체들과
마찬가지로 지금도 군수 업체들은 평화 시기 동안
맹수의 이름을 딴 탱크와 그 밖의 우수한 무기들을 생산하고 있으며,
그것들은 멀리 떨어진 분쟁 지역에서
우리의 자유로운 법질서를 보호한다는 기사였지.
    또한 뉴스 방송은 수개월 전의 같은 날
런던과 알레포에서 일어난 일을 비교하는 걸 허락하기도 해.
예컨대 올림픽 경기에서 영광스럽게 얻은 금 은 동 메달의 수를
휴전 중 벌어진 시가전에서 죽어 한자리에 나란히 모아
흰 천으로 가려 놓은 사망자들의 수와 비교하는 거지.
이처럼 같은 시간대에 일어난 사건의 결과들이
눈앞에 보이듯 생생하게 쌓여 가는 거야.
    그리고 오락란에는 다음과 같은 기사가 실리지.
우리 이웃의 사정을 볼 것 같으면, 소방관들이
직업을 그만두어 버리는 게 나을 것 같다.
이는 관행적인 절약 조치에 부응하는 일이기도 하다.
부주의나 고의로 일어난 화재를 진압할 자원자들이 없는 세상이라니.
단, 이웃집이 활활 타오를 때 몰려들 구경꾼은 부족함이 없지.

소유

너의 하느님, 너의 하느님, 우리의……
다들 소유권을 주장한다.
그리고 그 모든 허튼소리의 끝에는
오로지 빈 병들과
교회 탑이라는 집게손가락만 남는 것이니.

어떤 새가 여기서 알을 품는가?

주인 잃은 깃들이
텅 빈 둥지 위에서 흔들리고 있으니,
그 둥지는 내가 한 획 한 획
수수께끼처럼 고안한 것이지.

편지들

편지들은 문서고에서 바래지고, 속삭이고, 신음하고,
나직이 소원을 말하고, 언제까지나 계속될 장황한 이야기를 중얼거려.
또한 축하의 말을, 위협을, 금방 지겨워지는 소식들을 전하지.
그리고 대답에 굶주린 질문을 던져. 왜? 어떻게? 무엇 때문에?
무엇이 문제였는지 다 잊어버렸어.
이리저리, 앞으로 뒤로 밀려다닌 죄.
　소인이 찍힌, 그때마다의 날짜를 주장하는 편지들.
길게 이어졌던 서신 왕래. 어떤 도둑의 지문. 비밀이어야 했던 것을
이제 공공연하게 지껄여 대네.
　일상의 편지에는 많은 것이 담겨 있어. 거절하고, 승낙하고,
뒤로 미루기. 이런저런 편지는 쓰지 말았어야 했어.
어떤 편지는 덜 쌀쌀맞게 써야 했고, 어떤 편지는 너무 긴장에 차 있거나
말만 많고 내용은 없어. 이 편지는 오늘이라도 다정한 인사말로
끝내고 싶을 정도고. 저 편지는 답장을 받은 적이 없어.
　예전엔, 더 예전엔 우편의 비밀이란 게 있었다고 해.
당시는 우편배달부가 가족 같은 존재이자, 기다려지는 존재였지.
문을 사이에 두고 대화가 오갔어.
아이들은 잘 지내나요? 안주인께서는요? 그가 오면 개도 반가워했지.
　오늘날엔 광고 전단 사이에 편지가 있는 경우는 드물어.
거듭해서 읽어 보고 싶은, 손으로 쓴 편지는 거의 없어.
　머지않아 우리는 더 이상 서로 말할 게 없게 될 거야.
행과 행 사이에서, 그리고 떨리는 글씨체로부터
읽어 낼 수 있는 그 어떤 비밀도 없어. 다만, 우편배달부 없이도
오는 편지는 있지. 바로 썰물 때 부드럽게 모래에 쓴 편지.

사랑하는 리부셰 왕비*

자기 자신을 너무 엄히게 대하지 마십시오.
당신은 마치 호박 속에 갇혀 봉인된
존재 같군요.
그대가 이 세상에서 사라진 후,
나는 잃어버린 말[言]들의 도움으로만 읽어 낼 수 있는
당신의 흔적을 뒤쫓았지요.

최근에 나는 뵈멘 지방의
그 성을 방문해 알게 되었지요.
그대는 부지런한 여관집 주인들에게
지시를 내려 성의 정면을
개축하게 했지요.

공사는 당시에도 끝나지 않았고,
오늘날에도 계속되는 중이고,
앞으로도 계속될 테지요.
부서지고 균열이 가고
곰팡이가 피어,
비바람이 들이치는 곳에서부터
귀하디귀한 피부가 시들기 때문이지요.

그들의 수고로움에 나는 안도를 하니,
나도 그대를 도처에서
헛되이 사랑했기 때문이지요.

---

* 뵈멘(보헤미아)의 왕비로 예언자였던 리부셰를 가리킨다.

그의 유머가 달아나 버린 곳

한때 나는 『퀸투스 픽슬레인의 삶』*에서―
아니 『거인』이었던가?―미궁에라도 빠진 듯 길을 잃고 헤매었지만,
『지벤카스』와 『개구쟁이 시절』이라는 두 작품이 다행스럽게도
길을 안내해 주었지. 우연히 집어 든 도서 카드 상자가
그칠 줄 모르는 재치로 눈물을 쏙 빼는 요절복통으로 나를 이끌어 주었던 거야.
그때 나는 단정하게 가르마 탄 처녀들과 난숙한 중년 부인들이 모여 있는,
비더마이어풍 가구를 연상시키는 독서 모임에 참여하고 있었어.
그녀들은 분지델 지역에서 온 꽃 그림을 즐기는 동시에
광기의 명문장가에게도 빠져 있었지.
그런데 '열기구 조종사 잔노초**'를 모방하는 기술로 대담하게 시간을 뛰어넘어
현재로 도망쳐 오는 기술을 발휘하고 보니, 자, 어떤가.
범람하는 이미지와 지속적인 소음에도 불구하고 삭막하기만 한 것이
오늘 우리의 현재가 아닌가. 여기에선 어떤 유머도 허락되지 않고
진지한 일들만 인정받아. 모든 것은 가격이 매겨져 있거나
바겐세일로 값싸게 얻을 수 있으며, 절약 프로그램에 따라
미학 입문 학교***는 문을 닫고 말았지.
문은 삼중으로 막아서며 나를 돌려보냈어.
　머지않아 책 표지 사이로 넘쳐흐르는 그의 영혼은 싼값에
팔리고 말 거야. 누가 그를 그의 언어와 함께 몰아낸 걸까?
아마도 그의 유머는 그가 쓴 흔들리는 문장들과, 뻐꾸기 알을 위한 둥지로서
평생 모은 발췌문들이라는 재료를 사용해 창조한 그 나라들로 달아나 버린 것 같아.
곰곰이 생각에 잠긴 그의 눈빛이 내 눈에 보여.

---

*　이 글에 등장하는 책들은 독일의 소설가 장 파울(Jean Paul, 1763~1825)의 소설들이다.

**　장 파울의 동명의 소설의 주인공.

***　'미학 입문 학교(Vorschule der Ästhetik)'는 장 파울의 장편 소설 제목이기도 하다.

롤벤첼라이*에서

한 모금 한 모금 남기다
그가 맥주를 들이켜는 동안,
그를 열광적으로 숭배하던 여인들이
―그를 보살펴 주던 여주인은 제외하고―
저 푸르고 아득한 곳으로 사라진 후,
장 파울은 글을 쓰면서
어깨 너머 먼 곳을 바라보고,
그와 동시에 글을 쓰면서 어깨 너머
먼 곳을 바라보는 자신의 모습을
기록으로 남긴다.

부푼 듯이 뚱뚱한 육체 속에서
그의 섬세한 영혼은 얼어붙는다,
한 모금 한 모금 마시는
맥주를 한시 바삐 대체할
무언가를 갈구하면서.

---

* 장 파울이 묵으면서 집필했던 여관.

한밤의 손님

　　낮 동안 나를 녹초로 만드는 피곤을 별것 아닌 거라며 심술궂게 평가 절하하거나
침대로 기어 들어가고 싶은 충동이라고 반어적으로 설명하지만,
알고 보면 그건 노령의 선물이야. 새벽 3시나 4시경,
바깥에서는 퀴리누스 쿨만의 표현대로 "어둠이 어두워질" 무렵,
잠은 달아나고 이 궁리 저 궁리 하며 깨어 있는 동안,
벽이 책으로 가득한 저 작은 방으로의 도피는
시간이 빠듯한 내가 흰 종이 위에 끼적거리거나
특별한 만남을 위한 문을 열 시간을 벌어 주기 때문이지.
　　그리하여 어제에서 오늘로 넘어오는 밤사이,
살아생전 이미 신화 연구가로 초고령이었던
누군가*가 문을 노크했어. 주인에게 주는 선물이라며 그는
아메리카 인디언들이 피우던 궐련을 가져왔지. 곧 우리는
담배를 피우며 『넙치』에 대해 얘기를 나누기 시작했어.
수십 년이 지나서야 나는 그에게 용서를 빌었어. 그의 역작인
『날것과 익힌 것』을 읽고 콜럼버스 이전 시대의 불의 기원과
저 교활한 절도에 대한 힌트를 얻었기 때문이지.
결국 그 절도 덕분에 몸에 좋은 수프와 꼬치구이를 만들 수 있었지만,
치명적인 무기 또한 발명되지 않았던가.
　　진정한 발견자인 그에게서 내가 빌려 온 원본에서,
세 개의 유방을 가진 아우아는 신성한 재규어로부터—내 작품에서는
늙은 늑대로부터—타오르는 숯 한 조각을 훔쳐 와
자신의 음문(陰門) 속에 감추었지. 그 자리에는 항상 가려운 흉터 자국이 남았고.
내 태초의 어머니**는 천상의 불에다 오줌을 갈기지.
불덩이 위에 쪼그리고 앉아 그것이 쉿 소리를 내면서 꺼질 때까지 오줌을 퍼붓는 거야.
나를 찾아온 손님은 이 모든 모방을 너그러운 미소로 받아들였고,
그가 슬픈 열대 우림 지역에 남아 있던 인디언 부족의 집에서 지내면서
고통스럽게 수행했던 현장 연구 결과를

---

* 　클로드 레비스트로스(Claude Levi-Strausse, 1908~2009)를 가리킨다.

** 　아우아를 가리킨다.

내 영감의 원천으로 거명하길 게을리했던 나를 용서해 주었지.
그가 수집한 전설들을 계속 쓰는 것이 그에게 아부하는 것임을
알기 준다면 야간의 곰손한이나마 전해지렴만 을무 아의 달아오루
숯은 날것에서 익힌 것으로의 변화를 생생하게 보여 주는 상징인 거야.
그것을 다양하게 변이시키면서 나는 이런저런 이야기를 계속 하고 싶어.
이야기할 것은 얼마든지 있거든. 그는 이렇게도 저렇게도 해석될 수 있는
신화들을 더 알고 있었어.

　　그런 일을 하기에 내가 너무 늙었다는 내 반대 의견을 100살도 넘은 그는 인정하지 않았
어. 얽히고설킨 이야기를 시도하기엔 이제 냄비 바닥이 보일 정도로 내 밑천도 드러났다는
말에 그는, 정진하라며 따끔하게 꾸짖었어. 오직 쓰여진 글만이 중요한 걸세!
그러고 나서 내가 갑자기 화제를 바꾸어, 오늘날 독일과 프랑스 사이에 존재하는
문제를 언급하자, 그는 인디언의 언어로 뭐라고 중얼거릴 뿐이었어.
한밤중에 온 손님은 인사도 없이 떠나 버렸지.

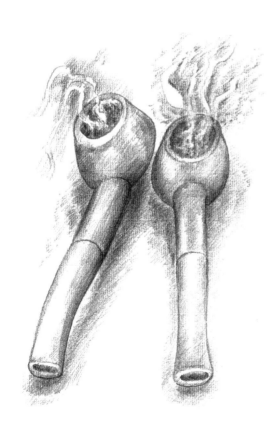

끝없는 고통 후에

침대에서 내려와
뾰족하게 깎은 연필로
깜박거리는 무(無)를 밝게 드러내는 것,
그것은 노령의 이득이니
잠 자는 것은 시간 낭비지.

그러고 나서 크사베르*가 왔다

이 세기의 태풍도 이전의 다른 것들과 마찬가지로 이름을 가지고 있으니,
태풍의 계열에 포함되어 통계를 가능하게 하고, 학문에 기여하고 손실을 집계하기 위해서야.
하지만 이번엔—내 메모장에 기록된 대로 말하자면—제방 파괴가 비교적 적었어.
해변에 파도가 평소보다 62인치 이상 더 높았는데도 말이야.
이것이 저 기업들의 주가에 활기를 불어넣었으니,
기업들은 수호천사에게 수수료를 지불하고,
끊임없이 격노하는 자연의 변덕 앞에서 모든 단독 주택 건설자들을
보호해 주어야 마땅한 거야.

---

* 2013년 독일 연안 지방에 큰 피해를 입힌 슈퍼 태풍 '크사베르(Xaver)'를 가리킨다.

일기 예보에 의하면

남쪽은 홍수가 예상되고,
북쪽 지방은 건조 주의보가 내려졌다.
관광객들은 저곳에서 이곳으로 피해 오고,
기후에 손해 배상을 청구한다.

정물(靜物)

짐짐 벽이 기는 닉괴들 위로
얼마 전 불어 닥친 폭풍이
마지막 사과와 배,
그리고 남은 잎 들을 내던졌어.
그 잎들은 내 색연필을 위해 이미 곱게 물들었고,
이제 그 가장자리들은 곱슬곱슬해지는 중이야.

여운을 남기는 뒷맛

　꿈에 홀리기라도 한 듯 이 매대 저 매대 옮겨 다니는
뤼베크 성탄 시장의 겨울 가장(假裝)을 한 군중 사이에서,
여러 인물이 등장하는 동화들을 무대에 올리는 가설 흥행장의
아이들 사이에서 손자들과 갓 구운 아몬드를 으드득 깨물었을 때,
달콤함이 아니라면 그 근본 원인을 알 수 없는
어떤 느낌이 불현듯 나를 덮쳤어.
　존재한다고 주장하는 모든 것, 어둠 속으로 치솟은
거대한 교회 건물엔 그 어떤 의미도 목적도 없었어.
하지만 노령의 재치로 나는 제법 제정신인 척하며
나를 마비시키는 짐을 숨기는 데 성공했지.
반세기 전 나는 뉘른베르크시의 요구에 따라 한 편의
연설문을 썼어. 알브레히트 뒤러의 동판화 「멜랑콜리아 1」과
'석탄 증산을 위한 진흥법'을 염두에 두면서 불가피하게
과거에서 현재로 뛰어넘은 글로, 제목은 '진보의 정체성'이었지.
　그때부터 불충분하게는 '우울'이라고, 병리학적으로는
우울증이라고 불리는 그 짐은 확실히 내게 속하게 되었어.
그것은 인간에게, 그리고 아마 짐승들에게도 들러붙어 있을 거야.
우울증이라고 불리는 그것은 마음을 어둡게 하지만, 또한 통찰력을
주는 것이라 심연을 밝게 비추어 주기도 하지. 우울증 없이는
예술도 없을 거야. 우울은 늪지대 같은 것으로 나는 그 위에서
발 디딜 곳을 찾고 있어. 우울은 유머의 밑그림과도 같아.
자기 자신밖에 안 보이는 사랑에게 우울은 모래시계를 보여 주지.
그 시계는 다름 아닌 우울을 위해 고안된 거야. 보무도 당당히 진보가 주장되는
모든 곳에서, 남겨진 자연 앞에서, 혹은 오늘날처럼 성탄 시장의
한가운데서도 우울은 모습을 드러내고, 그럴 때면 규정할 수 없는
시간을 향한 비애가 우리를 사로잡는 거지.
　심지어 깔깔 웃는 아이들조차 잠시나마 부재(不在)의 한가운데
있는 것처럼 보여. 그러고 나서 아이들은 다시,
이번에는 하트 모양의 성탄 과자를 달라고 하지.

게브란트 만델[*]

멀리서 냄새기 니끼만 케도
구운 아몬드는 젖니가 난 후부터
노령인 지금까지 나를 유혹해.
뾰족한 원뿔 종이 봉투에 든 그것은
한겨울 추위에도
한 조각 따뜻함을 전해 주고,
차츰차츰 줄어드는데도
맛이 질리지 않아.
성탄 시장의 경건한 척하는
무대 세트들도 철거된 지 오래이건만.
그렇게 노인들은
결코 만족할 줄 모르는 아이가 되는 거야.
그들은 언제나 뭔가를 으드득 깨물고 있어.

---

[*] 구운 아몬드에 설탕을 녹여 입힌 것. 성탄 시장의 대표적인 간식이다.

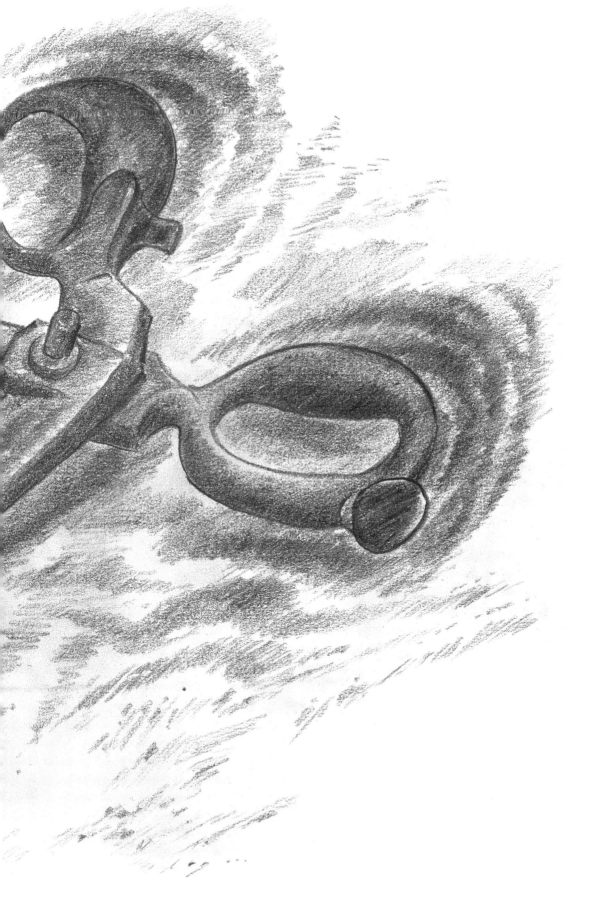

내 후각과 미각이 사라졌을 때

누가 발아래의 카펫을 치워 버렸나? 누가 내 남은
'긍정'을 부정했지? 마지막으로 나는 이곳저곳을 방문해.
도시도 시골도 친구들도 멀리 있어. 내가 붙잡으려는 것은 이제 더 이상 붙들 수 없어.
빈 서랍들. 이제 이별을 연습할 시간인 거야.
    아아! 기분이란 그저 지나가 버릴 뿐.
아주 많이 새로운 것, 아직 맛보지 않은 것들이 지평선 위로 기어올라와
사람들을 놀라게 하고 감동시키고 이용되려 해. 다시 경탄이 허락되는 거야.
이전에는 꿈속에서만 기적을 일으켰던 것들이 연달아 발명되고 있어.
이제 그것들은 실제가 되고, 현실을 만들어 내는 거야.
    그런데 누가 이별을 말하는가? 무엇과 이별한단 말인가?
존재했고 존재하고 있고 또 존재할 모든 것이
새로운 양식의 안경을 통해 보이는 눈앞에서 동시에 헤엄치고 있는 지금?
지금, 이 찰나 속에 우리는 존재했고 존재하고 앞으로도 존재하는 거야.
이별 아닌 환대가 모든 글의 의미를 밝혀 주지.
    당연했던 것을 돌이켜 생각해 봐. 몇 년 전 갑자기 미각과 후각이 사라져
이 치즈도 저 치즈도 아무 맛이 안 나고, 오이 피클도 신맛이 아니고,
버찌는 달콤하지 않고, 백일홍도 라일락도 헛되이 꽃을 피우고,
빵에서는 마분지 맛이 났을 때, 티 없는 순백색으로 변장한 신이
주사기와 동그란 알약으로 도와주었지. 그러자 생선과 소시지,
무와 당근 맛이 갑자기 다시 제 맛으로 느껴지고, 네가 영원히 이별을 고하려 했던
모든 것들이 서로 다른 냄새를 풍겼어.
봄 감자여, 가을 배여, 안녕. 딜, 로즈메리, 샐비어여, 안녕.
모든 향기, 익숙한 악취, 자기 방귀여, 안녕.

육체와의 이별

어섯의 몸을ㅣ는 노래히고 한ㅁ헤.
마르든 날씬하든 포동포동하든,—
대리석을 깎아 만든 여신의 모방품—
그러나 곧 주름이 지고 혈관은 푸르스름해지지.
여전히 부드럽고 익숙한 손은 무언가를 찾는 듯
뼈를 쓰다듬고 작은 뼈들을 헤아려 보는 거야.
한때는 매끄럽고 팽팽했지만 이제는 마르고
버석거리는 피부에게 작별을 고하듯이.

그대를 노래하노라, 둘인 듯 하나인 가슴을,
아직 싱싱하고 성숙한, 더듬거리는 두 손 가득 잡히는,
불안을 잠재우는 두 개의 쿠션.
빨아 대는 남자들이 젖꼭지라고
부르는 그 불룩한 것은 이제
닳고닳아 땀에 번들거리고
두려움의 침이 묻은 채
혹이 자라고, 암이…….

축 늘어진 주머니들—
반은 차고 반은 빈—
하지만 그것들은 한때 얼마나 팽팽했던가.
나는 그대들을 노래하노라, 유방들이여.
거기에 매달려 젖을 빨았지만,
결코 만족하지 못했고 울음이 터질 정도로
지치고 지치다가 마침내 조용해졌지.
혹은 영문 모를 슬픔에 빠져,
오로지 남자답게 혼자 쓸쓸히 있고 싶다는
소망만을 품었어.

목이 쉬도록 그녀를, 음부를, 보지를, 질을, 껍데기 안의 달팽이를,
젊은 시절부터의 도피처를 노래하노라.
이제 그 샘은 봉해졌어.
등의 경사면을 따라 내려가다
두 개로 둥그렇게 솟아올라
태양, 그래, 태양이 떠오르는 것처럼 보이던
감촉 좋은 엉덩이와도 이별이야.

내가 그 안에서 버둥거리며 사로잡혔던
덤불숲 같던 음모와도 이별이고.
휴식을 찾으려 골짜기를 헤매며 더듬고,
이슬에 젖은 이끼 사이에서,
덤불 사이에서 구멍을 찾던
두 손과도 이별이지.
수천 년 동안 나를 껴안고 두 발로 나를 죄던
팔과 다리는 여전히 남아 있어.

열린 입, 거하기에 알맞은 동굴,
매이는 데 없이 스스로에게 만족하는 혀의 놀림과도 이별이야.
갑자기 으르렁거리며 깨어나는 짐승의 소리,
흐느끼고 둔탁해지다가 파도치듯 터져 나오는 비명,
점차 상승하면서 절정으로 올라가는 비명,
그 모든 느릿느릿한 추락과
원시어(原始語)와도 이젠 이별이야.

모직, 벨벳, 태피터에
가려진, 거친 아마포로 감싼
육체와도 이별이야.
단추는 너무 많고, 지퍼는 단단히 잠겨 있고,
꽃무늬 줄무늬 옷감 위에 또 옷감,
맨 밑엔 검거나 흰 실크,

그리고 마침내 벌거벗은 몸뚱이.
여전히 닫혀 있는, 여성스럽지만
거의 손길이 닿지 않은 그 육체는
내가 노래하는 숨 쉬는 육체이니,
거기에 쓰여 있듯, 아담 이래로 나는
우리는 하나가 되어야 한다고 찬미하노라.

평생 동안, 그리고 꿈속에서도 아직 만져지는
사랑의 매혹과 만나.*
굶주려 더 많은 것을 갈구하는 육체로부터
나는 태어났노라.
아니야, 미인 모델의 사진은 아니야.
텔레비전 화면에 나오는 육체도 아니야.
영원히 지속될 수 있다고
모두에게 장밋빛 약속을 하는 그런 육체가 아니야.

자연이 부여한 모양대로 빚어진,
사람들이 찬미하고 내가 찬미하는,
영원히 사랑의 속삭임으로 푸르러진 육체.
그것이 가만히 있는 동안 내 연필은
윤곽선을 그리지.
둥근 곡선을 따라가며 언덕을 그리다가, 지평선을 지나
평평해지면서 평지로 데려가지.
육체는 그림자를 던지고
풍경을 드러내지.
언제나 새롭고, 순결하고, 텅 비어 있는,
각기 다르게 해석되는 풍경들을.

어떤 종말도 없는 이별.

---

* 이스라엘 민족이 이집트를 탈출해 광야에서 먹을 음식이 없어지자 여호와가 하늘에서 매일 내려 주었다고 하는 기적의 음식.

결코 잦아들지 않는 노래―

아, 사랑하는 이여, 사랑받는 이여!―,

해변에서 어떤 조개껍데기에, 어떤 귀에 속삭이는 말.

한 구절 한 구절 이어지고,

부드럽게 물러나고, 요란하게 앞으로 나아가다가

이윽고 단조로워지면서 서서히 멈추는 것이니,

마침내 몸은 모든 육체에서 멀어져

돌이 되고 만다.

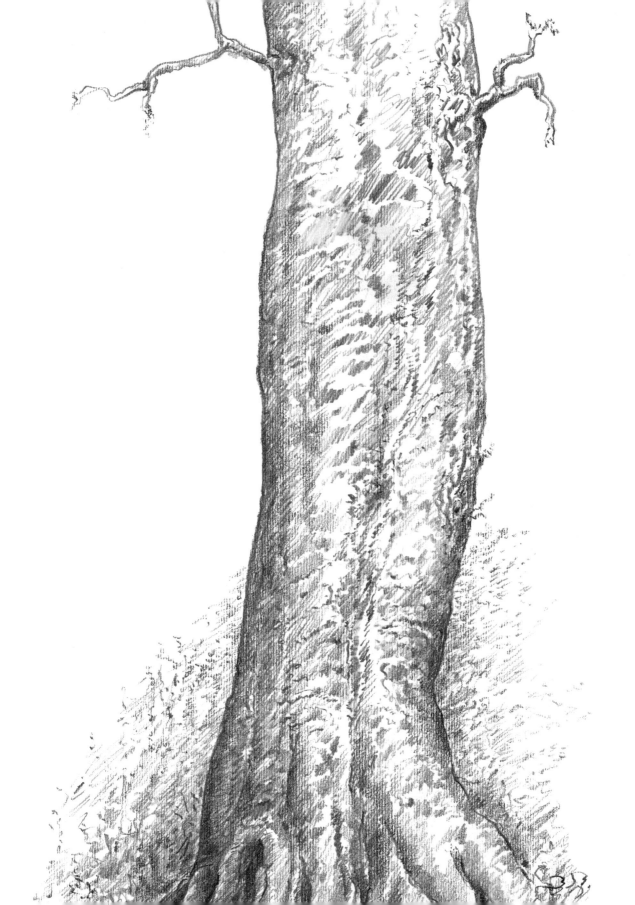

쌓아 놓은 판자

　어느 일요일, 올리바 숲을 통과해 프로이덴탈 방향으로,
기다란 식탁 위에 레모네이드와 커피와 슈트로이젤쿠헨*을 내주던
여관을 향해 가족들과 산책을 하던 중이었어.
홀로 일하는 목수였던 땅딸막한 할아버지가 갑자기 걸음을 멈추곤
매끄러운 껍질을 한 커다란 나무 앞에 경건한 모습으로 섰어.
　그의 시선은 거듭해서 하늘 쪽을, 그리고 나무의 우듬지 쪽을 더듬었지.
그는 고개를 끄덕이기도 하고 껍질을 두드려 보기도 했어.
그리고 인내심 많은 가족들보다는 자기 자신을 향해,
그 너도밤나무가 몇 미터의 널빤지를 만들어 낼 수 있는지를 어림짐작으로 말했지.
　이정표들은 방향을 가리켜 주었어. 가족들은 무리를 지어
천천히 움직였지. 마음 놓고 앞으로 나아갈 수 없었어.
할아버지가 다시 경건한 자세로 서서 치수를 재었거든.
아마도 뻐꾸기가 뻐꾹 했던 것 같아.
　전쟁 동안 할아버지의 작업장에서는 가구 주문이 점점 줄었고,
점점 더 많은 막사 건설 자재들이 만들어졌어. 그러다가 전쟁 후,
그는 국외 추방자가 되어 짐을 꾸린 트렁크 위에 앉아 있게 되었지.
'고향에서 추방된 자'인 그는 동쪽을 향해 앉아 아데나워 총리가 한 약속을
철석같이 믿었어. 차후에 귀향은 틀림없는 사실이 될 것이라는.
　세세한 것까지 그는 굳게 믿었어.
두고 온 문 장식, 창문 장식 재고품, 익숙해진 연장 회전톱과 띠톱, 변압기,
전동 대패, 그리고 타르지 지붕 아래 쌓아 놓은 널빤지 들과 함께
작업장이 자신을 기다리고 있을 거라고.
　나의 할아버지는 뤼네부르크에서 돌아가실 때까지 희망을 버리지 않았지.

---

* 설탕, 계피, 밀가루, 버터 등으로 만든 고명을 뿌린 커피 케이크.

이방인 혐오

수백만의 피난민들이
초라한 짐과
두고 온 조국에 대한
괴로운 기억만을 가진 채
강제로 정착하게 되었을 때,
그로 인해 비좁게 살게 된
많은 원주민들은 소리쳤어.
너희가 온 곳으로 돌아가!

그러나 그들은 떠나지 않았고,
떠나! 라는 외침에 익숙해졌지.
그 외침은 나중에, 더 나중에
멀리서 온,
알아들을 수 없는 언어로 말하는
이방인들을 향해서 내질러지기도 했어.
하지만 그들도 마찬가지로 떠나지 않았고,
정착하면서 그 수도 늘었지.

이전부터 토박이였던 사람들이
스스로를 이방인처럼 느끼게 되었을 때에야
그들도
이방인 처지를 견디는 것을
힘겹게 배웠던 이방인들 사이에서
자기 자신을 인식하고
그들과 함께 살기 시작했지.

우리가 들어가 눕게 될 그것

우리가 부엌 식탁에서 공동의 계획을 거듭
숙고하고 폐기했다가 마침내 결정을 내린 후,
소목장이 에른스트 아도마이트가 우리 앞에 앉았다.
차를 마시고 빵을 삼키는 가운데 이야기는 처음에는 조금 머뭇머뭇
시작됐다가 곧 꽃을 피웠다.

오래전부터 아도마이트는 우리를 위해 일해 왔다.
입식 책상이랑 서가랑 이런저런 것들을
내 아내를 위해 만들어 주었다. 우리는 원하는 바를 최종적인 것으로
못 박지는 않으면서도 그렇게 생각하는 근거를 말해 주었다.
열린 창문을 통해 바람 한 점 없는 여름 정원으로
눈길을 던진 후 그는 관 제작을 맡겠노라고 답했다.
가로 세로 길이를 각각 재어 제시하는 그의 의견에 우리는 동의했다.
그가 아내를 위해서는 소나무를, 나를 위해서는 자작나무를 쓰는 게
바람직하다고 말했을 때 우리는 반대하지 않았다.
두 개의 관은 높이는 같아야 했지만, 그녀의 것은 길이가 2.1미터였고
내 것은 2미터였다. 반면 내가 맞추는 관은 내 어깨보다
5센티미터 더 넓게 만들기로 했다.

예전에 대개 그랬고 오늘날까지도 일부 통용되는 것처럼 관을
"발끝으로 갈수록 좁게 만들지 말아 달라."는 우리의 부탁을
그는 고개를 끄덕이며 들어주었다. 대화가 진행되는 동안 나는
그러한 간소한 목공품의 수요가 높아지는 서부 영화들의
제목을 거론하기도 했다. 별로 그럴 필요도 없었지만
나는 종이 냅킨 위에 스케치를 했는데, 보기엔 그럴듯했다.
관들은 가을이면 완성될 것이었다. 우리는 서두르지 않는다고 단언하면서도
우리 나이의 합에 대해 이런저런 말을 나누었다.

처음에는 손잡이 부분을 무엇으로 만들지 정하지 않았다.
나는 목재로 만들기 원했고, 아내는 단단한 아마포 벨트가
좋겠다고 했다. 어쨌거나 양쪽에 네 개씩 만들어야 하는데,
그건 우리 아이들의 수와 맞춘 것이었다.

관을 어떻게 덮을 것인가 하는 문제도 그대로 내버려 두었다.
함께 의논하던 처음에는 세부 요소들을 고려하며 걱정했지만 나중에는 무덤덤해졌다.
내가 아도마이트에게 "결국엔 흙덩이가 뚜껑을 충분히 누를 것"이므로
뚜껑을 그냥 올려놓든지 아니면 아교로 고정하자고 제안하자,
그는 얼핏 미소를 띠며 소나무와 자작나무로 만든 고정목이 좋을 거라고 말했다.
    "비용이 드는 방식이지요." 하고 그가 말했다.
용의주도하게 미리 뚫어 놓은 구멍들에 나사못을 틀어박는 방법도 있다고 했다.
나는 장례를 치르게 되면 정확하게 재 둔 간격을 지키며
장엄하게 울리는 망치 소리와 함께 못을 박는 옛날식으로 하자고 제안했다.
그 장면이 벌써 눈에 보이는 듯했다.
전후에 석공으로 묘지에서 묘지석 놓는 일을 하는 동안
나는 무덤 파는 인부들과 종종 교환을 하곤 했다.
럭키 스트라이크 담배 다섯 개비와 관에 박는 수제 못 한 다스를
교환할 수 있었는데 그 못들은 나중에, 아주 나중에
나의 스케치 소재가 되었다. 녹슬고 몇 개는 구부러진,
제각기 다르게 생겨서 이렇게 저렇게 놓여 있는 못들.
모든 못은 지난 시절의 역사를 간직하고 있었다.
이따금 나는 벌러덩 드러누워 죽은 딱정벌레들과 뼈와 뼛조각 들을
같이 그려 넣기도 했다. 종이 위의 못과 밧줄은 오로지 인간에게만 가능한
죽음의 방식을 암시했다. 부드러운 터치의 연필 그림, 거친 윤곽의 펜 그림 등
모두 정물화였는데, 일부는 심오한 의미가 담긴 것처럼 보여
구매자가 생기기도 했다.
    관심이 있어서라기보다는 예의상 아도마이트는
내 여담을 눈감아 주는 것 같았다. 이어서 우리는
얼토당토않게 오르는 기름값, 불안정한 여름 날씨,
일상이 되어 버린 파산 등 시사 문제들을 소재로 수다를 떨었다.
텅 빈 찻주전자와 남은 비스킷 옆에 나는 자두 브랜디 한 병을 새로 놓았다.
용달차를 타고 곧 돌아가야 할 목수는 "한 잔만 하죠!" 하고 말했다.
    아도마이트가 가고 난 후 우리는 관 뚜껑을 고정할 장부는 목재로,
관 옆의 손잡이는 거친 아마포로 만들기로 결정했다. "그게 우리한테는 더 안전해요."
하고 아내가 말했다. "그는 늘 약속한 시간을 잘 지켰어요."

하지만 오후 동안의 그 대화에서 관 안을 어떻게 채울 것인가 하는 문제는
결정하지 않고 남겨 두었다. 적당한 소목장이가 없었기 때문이다.
다만 확실한 것은 솜 비슷한 것이나 깃털 쿠션은 고려는 해 보겠지만
그리 바람직하지는 않다는 점이었다. 그런 사치품은 시장에서 팔리는
관에는 통용되겠지만 우리한테 편안할 것 같진 않았다.

　아침을 먹으면서 종종 그러듯 나는 침대 매트리스가 너무 딱딱하다고
불평을 했고, 식기를 치우고 난 후 식탁이 텅 비었을 때
어떤 생각이 떠올랐다. 나를 흥분시킨 그 생각은 사방으로 전개되다가
이내 형태를 갖추었다. 나는 생명 없는 우리의 몸뚱이를 의무적으로 씻긴 후
나뭇잎 위에 놓고 아들딸들이 다시 나뭇잎으로 덮어 주면 어떻겠느냐고 제안했다.
계절에 따라 그때 자연이 제공하는 나뭇잎으로, 그러니까 봄이라면 막 돋아나는
잎들로 우리를 덮고, 여름이라면 버찌나 사과, 배나 자두 같은 과일이 열리는
나무들의 퍼렇게 자란 나뭇잎들을 우리 위로 뿌리자고 했다.
내가 좋아하는 가을이라면 알록달록한 나뭇잎이, 겨울이라면
우리의 벌거벗은 몸을 덮기에 좋은 바스락거리는 낙엽이 적당할 것이다.
늙은 호두나무, 너도밤나무, 단풍나무가 다채로움을 줄 것이다.
한 움큼의 호두도 덤으로 우리를 장식해 줄 것이다.
다만 우리 집 앞에 서 있는, 몇 년 전부터 시름시름 앓고 있는
두 그루 밤나무의 잎들만은 뿌리지 않을 생각이다. 나는 떡갈나무 잎도 쓰지
말자고 제안했다.

　어쨌거나 우리는 머리끝부터 발끝까지 나뭇잎 위에 눕고
나뭇잎으로 덮일 예정이다. 기껏해야 얼굴만 드러내고
감은 두 눈은 장미 꽃잎으로 덮을 텐데, 그것은 우리가 콜카타 시절에
알게 된 관습이다. 그곳에서 나는 젊은 남자들이 노파를 눕힌
대나무 자리를 갠지스강 지류의 강변 화장터로 옮겨 가는 것을 보았는데,
그녀의 눈 위에는 연녹색 잎들이 붙어 있었다.

　덧붙여 아내는 수의를 포기하지 않으려 했고, 그것도 '손수 지은'
수의가 좋다고 했다.

　그 정도면 준비는 충분했다. 더 이상 우리의 것이 아닐 시간이 지나가면
모든 것은 허물어질 것이다. 관도, 그 내용물도. 다만 크고 작은 뼈,
뼈대와 해골은 남을 것이다. 슐레스비히홀슈타인에서 발견되고 이후

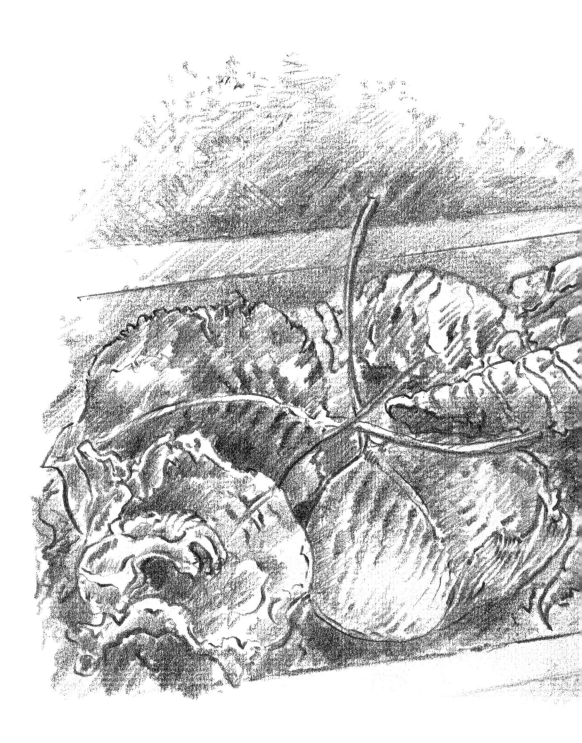

고토르프 성 박물관에서 유리에 둘러싸인 채 관람토록 허락된 저 늪지대의
시신들과는 다르게 말이다. 이제 그 뼈들은 바스라질 듯하다. 아득한 잿빛
시대로부터 전해져 내려온 신체 조직, 피부, 땋은 머리채, 그리고 의복 찌꺼기 같은 유물들은
연구에 유용하고, 미루어 짐작할 수 있을 뿐인 부정행위에 대한 처벌로
얼굴이 붕대로 덮인 소녀의 시신을 비롯한 늪지대의 시신들은 사료(史料)로도 쓰인다.
    반면 두개골은 언제나 의미심장한 해석부터 어처구니없는
해석까지 이끌어 낸다. 수북이 쌓인 채로, 아니면 벽에 파묻힌 채로
수도원 지하의 둥근 천장 아래에서 발견되는 그것은 해적 깃발에, 그리고
축구 팀의 상징으로도 쓰인다. 경고 표시판에 쓰여
독성이 있거나, 폭발력이 있거나, 방사선 물질로 가득한 통들의 존재를
강조하기도 한다. 또한 유화라든지 서재의 성 히에로니무스를 묘사한
알브레히트 뒤러의 동판화에 등장해 그 예술품의 의미를 보다 구체적으로
보여 주기도 한다. 히에로니무스는 세상과 멀리 떨어져 책 위로 머리를
숙이고 있고, 그 책들 사이에 위치한 앙상한 해골은 모든 살아 있는 존재는
덧없을 뿐이며 태어나는 순간부터 죽음은 이미 결정된 것이라는
사실을 상기시켜 준다.
    나날이 쇠약해지는 건 분명했으나 우리는 아직 그런 상황은 아니었다.
그동안 제작을 맡겨 놓은 관들에 필요한 널빤지들이 재단됐을 수도 있었지만,
의문점들은 여전히 남아 있었고 그에 대한 답은 난망해 보였다.
존재할지 존재하지 않을지도 모르는 방황하는 영혼들이
은신할 관들에 어떤 목수가 아교를 칠할 것인가?
어떤 건물 벽이 불사의 담쟁이가 기어오를 만큼 충분히 높은가?
재생에 대한 소망은 벌레, 버섯, 혹은 내성 박테리아 등 어떤 형태로 충족되어야 하는가?
그것은 또다시 무(無)의 식구를 늘려 주는 것이 아닌가?
    담쟁이에 더해 우리는 제아무리 부지런한 정원사도 없애지 못할
잡초로 후생(後生)을 무성하게 이어 갈 수도 있을 것이다.
우리는 어떤 생명체도 될 수 있다. 나는 전능한
자연의 도움으로 낯선 둥지에서도 대접받는 뻐꾸기로
다시 태어나기를 언제나 소망해 왔다. 연년세세 요란하게 소리치는
약속들이 있었다. 하느님과 그분의 약속이 더 이상 유효하지 않을지라도
우리의 관들에 어울리지 않는 이런저런 상념들이 남는다.

다만 그 안에서 전개될 무상한 현상들만은 당연한 것으로 보인다.

시신 경직, 녹청색으로 변하고 부풀어 올랐다가 터지는 피부,

처음엔 버섯 모양으로 편했나가 사슴사슴 나타나는 부패의 징후,

그리고 구더기들.

　　그 밖에도 염두에 두어야 했던 것은 무엇보다 우리가 어디에 누울 것인가

하는 문제였다. 30년도 더 전에 도시에 살 때 우린 처음으로 누울 자리를

찾기로 결심했고, 나는 프리데나우*의 공동묘지가 마음에 들었다.

하지만 아내는 베를린을 종착역으로 정하는 데 반대했다.

결국 나도 그 의견에 동의했다. 장벽이 무너지자 그곳이 수도가 되어야 한다는

주장이 너무도 크고 다양한 목소리로 요란을 떨었기 때문이다.

　　여기저기 장소를 옮기기를 거듭한 후, 우리는 집처럼

아늑한 배경이 보이는 뤼베크의 묘지 몇 군데를 검토했지만 결정하지는 않았다.

회양목으로 둘러싸인 무덤들이 줄지어 있을 것 같은 역 근처의 묘지는

내 지치지 않는 여행 욕구에 어울릴 것 같았다. 그래도 우리는

우리의 쌍둥이 무덤이 무엇보다도 내 작업실 아틀리에의 창과 나무 헛간 사이의,

뒤로는 숲밖에 없는 정원 마당에 위치하는 게 바람직하다고,

그곳이 우리가 안식을 취하기에 가장 걸맞은 장소라고 생각했다.

하지만 이곳 우리 나라에서 신성시되는 소유에 대한 보증에도 불구하고

자기 땅에 매장되는 것은 법으로 금지되어 있다.

그러므로 화장만이 유일한 방책이었다. 하지만 아이들이 우려하는 대로,

나무딸기 울타리 뒤나 라일락 덤불 속에 숨겨

그림자 같은 존재를 유지할 수 있는 유골함은 도난이 문제였다.

　　썩을 몸을 구더기들에게 내주는 건 순리라며

우리는 화장을 반대했고, 벨렌도르프의 목사와 의논한 결과

근처의 마을 공동묘지를 우리의 마지막 주소지로 정하는 데

의견의 일치를 보았다. 약속은 별로 힘들이지도 않고 정해졌다.

영혼의 근심이라는 일상적 문제에 짓눌려 있는,

알고 보니 사교적인 그 남자는 줄지어 있는 무덤들에 대한

우리의 혐오감을 이해해 주었다. 특히 타지에서 이주해 와 홀로 사는

---

* Friedenau. 독일 베를린의 템펠호프쇠네베르크 자치구 내의 지역.

우리로서는 줄지어 안식하고 있는 마을 주민들과
친근한 이웃 관계도 아니고 가족 같은 관계도 아니었기 때문이다.
더군다나 우리 같은 무신론자들이 중세적인 합창단 바깥 자리에
위치한다는 것은 적절치 않다는 우리의 조심스러운 주장을 그는
박수까지 쳐 주진 않았지만 조용히 인정해 주었다.

마침내 우리는 멀찍이 떨어져 한구석에 자유롭게 서 있는 키 큰
나무 아래로 결정을 보았다. 사방으로 뻗은 가지들 아래에서
나는 네 개의 눈이 잠들 무덤으로 적당한 사각형 땅을
발걸음으로 대충 재 보았다. 목사가 우리에게 확언한 바에 의하면 그곳은
공동묘지와 맞닿아 있는, 한때 교회에 속하는 감자밭이었다가
이후 쓰이지 않는 땅, 말하자면 휴경지의 일부로 지금은 푸르른 풀밭으로
사람들의 이목을 끌 만한 곳이었다.

얘기를 나누다 잠시 멈춘 사이 우리는 우리가 그곳에 누워 있는
모습을 또는 먼저 죽은 사람을 방문하는 나머지 한 명의 모습을 그려 보았다.
그곳에 심을 식물로 나는 마조람, 세이지, 타임, 그리고 파슬리 등
부엌살림에 도움이 되는 양념 식물들을 제안했다. 걸음으로 대충 잰 사각형의
동쪽 변에는 이곳의 빙퇴석 지역에서 가져온 바위를 묘비로 세울 예정이었다.
석공에게 주어진 일은 우리 이름과 생몰년을 설형 문자로
새겨 넣는 것뿐이었다. "금언이나 인용구를 새기지는 말아 주시오."
옆으로 자리를 차지하기는 하겠지만, 묘석이 너무 거창하지는
말았으면 하고 부탁했다.

나는 다시 한번 묘지 터의 크기를 걸음으로 대략 재 보았다.
이번에는 나무의 뿌리가 있는 곳에서 좀 더 먼 곳을 택했다.
우리의 소망이 교구 위원회의 승낙을 무사히 받을 것이며,
어려움은 거의 없을 것이라고 목사는 안심시켜 주었다.

집에 도착했을 때 우리는 조금 지쳐 있었다.
나는 마부잔*으로 칼바도스를 한 잔 마셨다.
부엌 라디오에서는 저녁 뉴스가 서로 간에 충돌 직전인
위기들에 대한 소식을 알렸다. 일기예보에 따르면 당분간 남쪽 지방에만

---

* Kutscherglas. 증류주를 마시는 데 사용하는 굽이 낮은 유리 술잔.

비가 올 예정이었다. 우리 개에게는 묘지 터를
성공적으로 찾았다는 이야기는 하지 않았다.
그리고 내게 이식된 두 번째 심장 박동기가
심장에 도움이 되기를 거부하고, 특히 내 폐가
수십 년 동안 즐겼던 손수 만 담배와 가득 눌러 담은 파이프에게
앙갚음을 하던 9월 중순의 어느 토요일, 목수가 관을
배달해 왔고 우리는 반갑게 맞았다.
관들은 언제든 사용할 수 있는 상태였다. 다양한 무늬가
있는 밝은색 목재는 환한 느낌을 주었다.
원래부터 진지한 스타일인 아도마이트조차
미소 지으려 하는 걸로 보아 만족해 하는 것 같았다.
　　우리는 누울 수 있는 의자들과 정원 관리 장비를 보관해 둔
뒤쪽 창고 공간에 임시 장소를 마련하여 관들을
거기에 두었다. 파리똥과 쥐똥을 방지하기 위해
플라스틱 포장재는 그대로 덮어 두었다.
　　관들이 나란히 놓인 것을 보는 순간, 동독 시절 유행하던
전문 용어 '흙 가구'라는 말이 떠올랐다.
　　여덟 개의 운반 손잡이는 정확한 간격을 두고 만들어져 있었다.
오래 묵은 것이긴 해도 목재는 신선한 냄새를 풍겼다.
관들의 내부 공간은 뚜껑도 없이 누군가를 초대하듯 열려 있었다.
　　가기 전에 아도마이트는 그날을 기념하여 그동안 내가 즐겨 마시게 된
과일 브랜디를 마시자는 내 제안을 거절하지 않았다.
그러고 나서 그는 예상보다 금액이 적게 나온 계산서 위에
뚜껑에 박을 목재 장부가 가득한 무색의 투명한 비닐 주머니를
내려놓았다. 관 뚜껑엔 위쪽 모서리를 따라 정확한 간격으로
구멍들이 뚫려 있었다. 주머니 안에는 여분의 고정 핀이 몇 개 더 있었다.
아내는 그것들을 잘 보관해 두라는 목수의 당부에 따라 잡동사니 외에
우리의 여권, 개의 접종 증명서, 그리고 다른 중요한 서류들이 들어 있는
그녀 비서의 서랍 속에 그것들을 넣어 두었다.
　　손님이 오지 않은 바로 다음 날인 일요일에 우리는 관을 쌌던
포장지를 벗기고, 느슨하게 덮인 뚜껑들을 열고,

신발을 벗고, 관 속에 드러누웠다. 관들은 우리 키와
어깨너비에 꼭 맞았다. 논평할 필요도 없이 우리는 입관식 리허설을 멋지게 해냈다.
　　서로의 숨소리를 듣는 게 얼마나 기이한 일이던지.
관에서 나오면서 나는 아내의 도움을 받았다. 관 뚜껑을
다시 덮은 후 우리는 우리의 마지막 거주지 위에 포장지를 펼쳤다.
그러는 동안 우리는 생각이 자유롭게 떠돌았지만
말로는 드러내지 않았다. 조금 후 아내는
내가 관 속에 있는 모습을 사진으로 찍지 않은 것을 안타까워했고,
다음 기회엔 카메라를 꼭 준비하겠노라고 다짐했다.
"아주 만족스러워 보이던데요." 하고 그녀가 말했다.
　　우리가 창고 방문이라고 부른, 시험 삼아 관에 누워 보기를
한 직후에도 우리의 삶은 계속되었다. 아내가 저녁으로 소금물에 삶은
감자를 곁들인 농어 두 마리를 전기 오븐으로 요리하는 동안
나는 일요일 밤이면 늘 그랬듯 텔레비전 앞에 앉아 먼 곳의 사정들을
이미지로 보여 주는 세계의 거울을 바라보고 있었다.
오이 샐러드와 함께 농어들이 접시 위에 놓이기 전
나는 비죽거리는 농담을 억제할 수 없었다. 물고기 두 마리가
비교라도 하라는 듯 프라이팬 위에 나란히 누워 있었기 때문이다.
　　그 후로 관들은 기다리고 있다. 이따금 우리는 그것들의
아름다움을 확인한다. 소심한 탓에 아내에게 수의를
다 지었는지 묻지는 못한다. 하지만 우리를 마지막으로 입혀 주고
덮어 줄 나뭇잎은 없어서는 안 된다. 봄에는 싱싱한 잎이,
여름에는 짙푸른 잎이, 가을부터는 알록달록한 잎이, 그리고
겨울에는 푸석푸석한 잎이 주어질 것이다.
　　올해도 내년도 이렇게 지나갈지 모른다. 하지만
아직은 서두를 때가 아니다. 요즘 내 심장 박동기는
약속했던 기능을 다한다. 심지어 내 아이들과 손주들도
잠시 우리를 방문해 볕 좋은 날을 즐기기 위해 누울 수 있는 의자들을
창고에서 꺼내 올 때면 우리의 목수가 미리 짜 놓은 작품을 보고
즐기는 데 익숙해졌다.
　　얼마 전 아내는 땅에서 파낸 달리아 구근과

다른 꽃양파들을 겨우내 보관하기 위해 그녀의 관 속에 넣어 두었다.
다가오는 3월이면 우리는 그것들을 화단에 옮겨 심고,
서름을 싥는 싱윈 흙으노 싶어 둘 깃나.

심심파적

오래전에 읽은 책들을 다시 읽고,
참았던 말을 대담하게 늘어놓고,
역사를 거슬러 올라가며 날짜를 매기고,
삭제했던 낱말들을 다시 살려 내고,
폭풍으로 오래된 나무들이 쓰러졌던 곳에
다시 어린 나무들을 심고,
눈을 감은 채 나비들을 보고,
유리창에서 떨어져 죽은
파리의 수를 인내심 있게 헤아리고,
아직 단물이 좀 남아 있는 껌처럼
추억을 씹어 대고,
수수께끼 놀이와 빈둥거림으로
남는 시간을 보내고,
묘지에서 누울 자리를 찾으면서
이따금 시간을 속여 넘긴다.

어린 시절, 해변이 많은 발트해의
파도 가장자리에서 흠뻑 젖은 모래를 가지고
높다랗게 성을 쌓기도 했지.
다 쌓자마자 그것들의 가장자리는 씻겨 내려가고,
다시 바람에 건조해지면서 곧 무너져 내렸어.
그 모든 것들은 아주 신속하게 무너져 내렸던 거야.

이것들이 내가 그린 거라고?

요십 년 히고도 디 진에 석공과 돌 조각기로 실습을 시작히먼서
뒤셀도르프의 카리타스회(會) 기숙사에서 숙식을 하고
그 후 예술 대학 학생이 되었을 무렵
그것들이 생겨났다. 값싼 종이 위에 스케치하고
물감으로 채색한 200장 넘는 그림들이.
　　나중에 나는 슈토쿰의 키르히가에 자리 잡았다.
그곳에 플루트라는 별명으로 불리던 호르스트 겔트마허*가
외부의 철제 계단으로 출입할 수 있는 아틀리에를 개축했는데,
나는 그곳 뒷마당 마구간 건물의 빈 다락방에 기거했다.
　　그런데 내 잠자리를 물려받은 에케하르트 펠리치오니가
계단 아래의 폐가구와 낡은 매트리스들 사이에서,
1953년 1월 초 내가 뒤셀도르프를 허겁지겁 도망치듯 떠나면서
깜박하고 온 저 꾸러미를 발견한 것이다.
　　지난해 7월 중순 내가 그들의 낡고낡은 선물을 묶은
철사 끈을 풀었을 때 그와 그의 아내는 내 곁에 서 있었다.
오래 묵은 종이들에서는 곰팡내가 풍겼다. 모서리들은 떨어져 나가고,
갈라지고 쥐가 갉아 먹어 얼룩덜룩하고 찢겨 있었다.
그 종이들이 어찌나 낯설던지. "이것들이 내가 그린 거라고?"
한 장 한 장이 하나도 기억나지 않았다. 프랑스 여행하는 동안과
그 후에 그린 것이 분명한 수채화들은 순식간에 변하는
그 모든 유행의 영향을 받은 것이었다. 안전하고 틀에 박힌
수채화들. 카리타스회 기숙사 나무들 아래에서
모델을 섰던 늙은 남자들의 초상들이었는데, 비흡연자였던 나는
그들을 모델로 쓸 때마다 담배 두 개비씩을 주었다.
　　지금도 나는 마게스 교수와 판코크 교수의 학생 아틀리에에서
작업하는 20대 초반의 청년**을 발견하고는

---

* 　Horst Geldmacher(1929~1992). 독일의 화가, 그래픽 아티스트, 조각가, 작가, 재즈 뮤지션. 귄터 그라스와
함께 대학 시절 재즈 트리오를 결성해 활동했다.
** 　작가 자신을 가리킨다.

놀라 기억을 들쑤시곤 한다. 몇몇 장면은 떠오른다.

하지만 많은 것들은 그림자를 던져 주지 않으려 한다.

화폐 개혁 후 종이에 옮긴 것은 무엇이었던가?

색깔을 가지고 곡예를 하는 프란츠 비레의 모습이 보인다.

겔트마허의 플루트에서 새된 소리의 재즈 음악이

버둥거리듯 울려 나온다. 유프 보이스는 예수가 신었던 것 같은 신발 차림이다.

예술 대학 수위의 이름은 뭐였더라?

슈토쿰의 아틀리에에서 이젤과 모델대,

턴테이블이 없어서 단치히 자유시에서 발행한 우표 세트로

그를 매수한 적이 있었다. 나체 데생 시간에 포즈를 취해 주었던

마르거나 풍만한 그녀들은 누구였던가?

당시 그렇게 한결같은 부지런함을 발휘했던 건 누구였던가?

그 시절 나는 누구였던가? 나는 어떤 사람이 되려고 했던가?

작업 도구로 가득한 산파의 가방 같던 작은 짐을 꾸려

도시 간 열차를 타고 베를린행 기차를 탔을 때, 무엇이

그리고 누가 뒤에 남았던가?

　　나는 전쟁 흔적으로 가득했지만

폐허의 잔해를 치우면서 동시에 그 기억도 지워 버린 도시를 떠났다.

이제 돈이, 그리고 그것과 더불어 벼락부자들이 위세를 부리고 있었다.

기적으로 불리던 것에 나는 경악했다. 요란하게 장식한 둥근 무늬의 창유리,

고온 처리된 효모 맥주, 라인 지역의 쾌활함으로 넘치는 선술집들에서

예술가들은 장식품이 되고, 구시가는 작은 파리를 연출했다.

맥주를 배불리 마신 자들의 박수 소리에 이런저런 예술가들은

타락의 길을 걸었다.

　　젊은 여인들에게, 그리고 나중에 도시의 분망함 속으로 빠져 들어간

친구들에게 보낸 시들이 들어 있을지 모르는 스케치한 낡은 종이

한 꾸러미가 남았다. 그것은 플루트를 거듭해서 부숴 버리던 겔트마허와

자신의 천재를 낭비한 프란츠 비레에게 보낸 시들이었다…….

다시 불러 보는 이름, 프란츠 비테*

자네는 어디로 가 버렸나?
자넨 가벼운 발걸음으로
요양원 창문을 통해 뛰어내렸지.
자동차 지붕에서 자동차 지붕으로
뛰어다니는 자네 모습이 여전히 보여.
흩날리는, 결코 붙들 수 없고
언제나 사라져 다른 곳에 있는 사람.

자네의 그림은 전도유망했지.
자네는 무엇이 될 수 있었을까?
아마도 환생한 엘 그레코였을 거야.
아니면 추정컨대
차라리 유쾌한 가짜 보헤미안 춤꾼이었을지도.
친구여, 내가 도망쳤을 때
자네를 데려갔어야 했는데.

---

* Franz Witte(1927~1971). 독일의 화가. 뒤셀도르프 예술 대학에서 만난 귄터 그라스와 함께 재즈 음악을 연주하기도 했다. 화가로서의 경력이 순조롭게 풀리지 않아 정신병에 걸리고, 그라스가 작가로 성공 가도에 들어섰을 땐 야간 경비원으로 일하기도 했다. 그라스의 작품에 자신의 작품이 불명예스럽게 묘사되었다며 작가와 불화를 일으켰다.

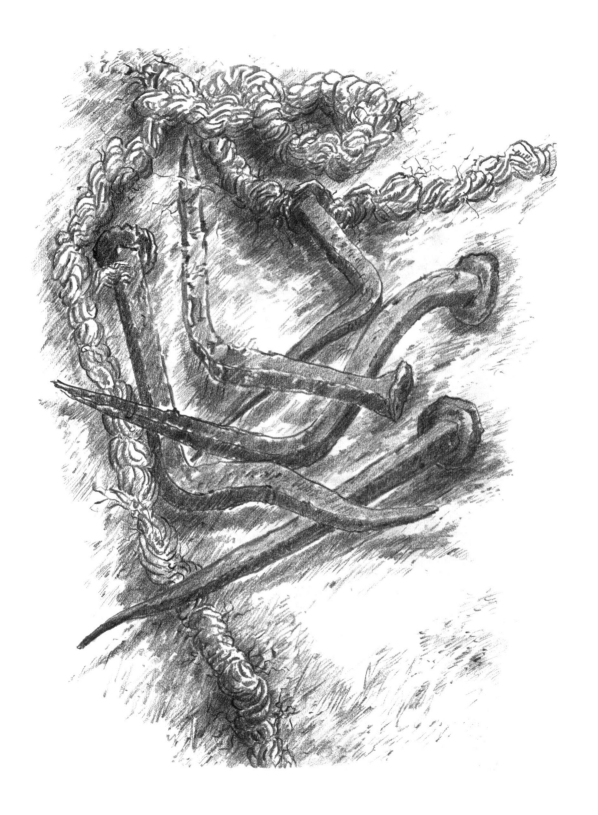

터널 끝의 빛

　자본과 문화적 가치를 겸비한 한 신문의 오늘자에
그리스의 현 상황에 대한 기고문이 실렸다.
점점 더 많은 사람들이 라디에이터를 데우는 데 필요한
기름값이나 전기 비용을 지불할 수 없게 되었다는 내용이었다.
일자리도 없고 임금도 못 받는 사람들은 골수라도
짜내야 할 형편이며, 심지어는 가스까지 차단되었다.

　말하자면 그리스의 젊은이나 늙은이나 때이른 겨울이
와서 컴컴한 가운데 추위에 떨며 쪼그려 앉아 있고,
수프조차 끓일 수 없다는 것이다. 어려운 나머지 방 안에서
불을 피우거나, 빛도 동시에 제공하는 양초로부터 열기를
얻고자 하는 이들 때문에 아테네에서 테살로니키에 이르기까지
크고 작은 섬들의 많은 집에서 화재가 발생했다. 곳곳에서
사이렌 소리가 들린다. 가끔 소방차가 너무 늦게 도착할 때도 있다.
사망자들도 발생했다는 소문이다.

　하지만 내가 읽은 신문에 의하면 그 나라의 상황이
대단히 유감스러움에도 긍정적인 결론을 도출할 수 있다.
씀씀이가 너무 헤픈 그리스인들에게 내려진 절약 조치가
효력을 내고 있다는 것이다. 더 나아가 경제 회복의
첫 징후들도 간과할 수 없다. 바라 마지않았던
어스름한 빛이 터널 끝에 보이기 시작했다.

　유럽의 시선에서 나온 충고들,
무엇보다도 우리 연방 총리의 엄중한 말이 충분한 정도는
아닐지라도 수용되고 실천된 것이다.

　그러므로 많은 독자를 가진 그 신문의 충고에 따르면,
민주주의의 본산지에서 허리띠를 가진 자들은 그것을
더욱 세게 졸라매어 구멍 한 칸만큼이라도 더 줄여야 하는 것이다.

무티*

지금 눈앞에 펼쳐진, 빙빙 곡곡 싱표기 붙이 있는
그 모든 곳은 이제 어떤 비로도 씻어 내지 못할
곰팡이로 덮여 버렸어.
우리는 우리를 무력화하면서
소비만큼은 엄청나게 증대시킨 그것에
익숙해졌어.
그렇게 우리는 성장하는 동시에 쪼그라들고,
그리하여 시민은 순종적인 소비자가 된 거야.
누를 수 없는 욕구에 내몰려 가격이 얼마든 돈을 지불하고
시장에 적응한 민주주의자로서 한 여인에게 순종적으로
헌신하게 된 거지.
그 여인은 오늘은 언짢은 시선으로 쳐다보고,
내일은 호의적으로 미소 짓고,
속임수로 달래기도 하며 우리를
양처럼 온순하게 길들였어.

장애물이 나타나면 능숙한 달변으로 묵살하지.
그녀는 많은 말들로 아무것도 말하지 않아.
그녀에게 너무 가까이 다가가는 자는 덥석 물려.
그러고는 미디어의 아침 먹잇감이 되지.
그녀는 온 사방에서 이윤을 노리며 노심초사하는
이해관계들에 둘러싸여 있어.
그들은 마피아처럼 그녀에게
압력을 행사하기도 하지.
우리가 농담 삼아 '엄마'라고 부르는 그녀,
우리는 그녀를 졸졸 따르는 젖먹이 아이들.
아이들이 이따금 대열에서 벗어나 춤을 추기도 하지만,

---

* '엄마'라는 뜻의 독일어로, 2005년부터 2021년까지 독일 총리를 역임한 앙겔라 메르켈의 별명이었다.

그럴 때면 형리들이 충실하게도 그녀의 말에 복종하지.
그렇게 그녀는 피 한 방울 흘리지 않고 질서를 세우고,
우리의 휴식도 마련해 주고 잠을 자도록 경비도 세워 주는 거야.

그녀의 젖을 빠는 모든 사람은 주름진 채
축 늘어져 옷걸이에 걸린 신세.
이제는 사민주의자들도 그녀의 침대로 기어들어 가
말라빠진 은총의 빵을 받지.
둥글둥글 뭉친 다수는 자신의 힘을 멍청하게
거울에 비추어 보는 과대망상증 환자.
분별없이 내뱉은, 퇴위한 황제가 한 불후의
약속은 어느새 낙엽처럼 떨어지고,
엄마의 방식대로 부드럽게 잊혀 가고 있어.
우리는 될 수 있어, 아직은 아니지만
앞으론 될 거야. 드물게 사용되긴 하지만
후추는 아니야, 아니지,
우리는 이 땅의 소금으로 팔릴 거야.

향수

우리는 본디 원숭이로부터 유래한 게 아니라 지구 밖에서 왔으며,
이곳에서 이방인이야. 수백만 년도 더 전에 인구 과잉의
한 행성이 짐을 덜어야 했기 때문이었지. 늙은이들은 죽지 않으려 했고,
후손들은 무성하게 늘어나기 시작했거든. 그렇게 해서
전설의 유에프오와 비슷한 비행 물체가, 전반적으로 녹색으로 우거진,
나중에 훨씬 나중에 우리가 아프리카라고 부르게 될 지역으로 날아왔던 거야.
야생 동물들이 많은 그곳은 헤치고 들어갈 수 없을 정도로 울창해 보였어.
착륙하자마자 비행 물체는 짐을 부렸어. 잉여의 남녀 인간들,
특히 죄수와 아이에 가까운 미성년자들까지 모두
지금의 우리와 닮은 것 이상이었지.

처음에 그들은 문명인인 듯이 행동했어. 죄수들조차
질서를 지키고, 면도를 하고, 머리를 빗었어. 화물 상자들
안에 보관된 물품들도 실용적으로 보였지. 통조림 음식, 광천수,
칫솔, 화장지, 화장품 가방, 배터리로 작동하는 탈것, 그리고
지식이 저장되어 있는 칩 등등, 온갖 기술적인 잡동사니들이 들어 있었지.
그러나 백발백중의 무기들도 구비되어 있었어.

얼마 지나지 않아 기후가 괴롭히기 시작했고,
식료품은 바닥이 났어. 약들은 효과가 없었고.
도구들은 썩기 시작했어. 그들의 지식이 충분하지 않았던 거야.
그리고 고향 행성에서 보급품을 보내지 않았기 때문에
기아로 그들의 인구는 감소했어. 적대적인
이방의 환경에 버려진 그들은 소수만이 살아남았지.
살아남은 자들은 궁지에 몰린 나머지 다시 야생의 상태로 돌아갔어.
더 이상 아무도 면도를 하지 않았고, 이를 닦으려 하지 않았어.
덥수룩한 머리를 한 그들은 저희의 고향, 이름 없는 행성을 잊어버렸어.
기껏해야 전설만이 그 고향을 상기시켜 주었지.

그러고 나서 헤아릴 수 없는 시간이 지났어. 살아남은 우리의
선조들은 그 수가 불어나 무리를 지어 나뉘었고,
사방으로 흩어져 수렵 채집가들이 되었지.

그들은 주먹 도끼, 곤봉 그리고 나중에, 훨씬 나중에는 뾰족하게 벼린 금속을
가지고 서로 전투를 벌였어.

　　우리는 이 이야기를 알고 있어. 그 이야기는 오늘날까지 이어지지.
몇 광년이나 떨어진 행성들에 대한 지식을 얻으려 할 때만
우리는 깜박거리는 수많은 별들 가운데서 한때 고향이었던
하나의 행성을 감히 미루어 짐작해 보는 거야.
머나먼 고향에 대한 그리움으로 우리는 만유 속으로,
탐색을 위해, 값비싼 탐색을 위해 우주선들을 보내지.
아, 우리가 고향에 머물 수 있었다면 우리는 다윈을, 그리고
그가 지어낸 그 뿌리 깊은 원숭이 동화를 믿지 않아도 되었을 텐데.
옛날 옛적에……

법률에 따라

수백만 마리 수고양이와 들개들이
처음에는 여기에서, 다음에는 도처에서 거세를 당했다.
칼처럼 날카로운 그러한 생각은
지나친 인구 증가에 직면해
인류 역시 잘라 내야 한다는
시선에서 비롯된 것이다.
머지않아 단종은 법률화될 것이다.
처음에는 여기에서, 그리고 다음에는 저기에서.

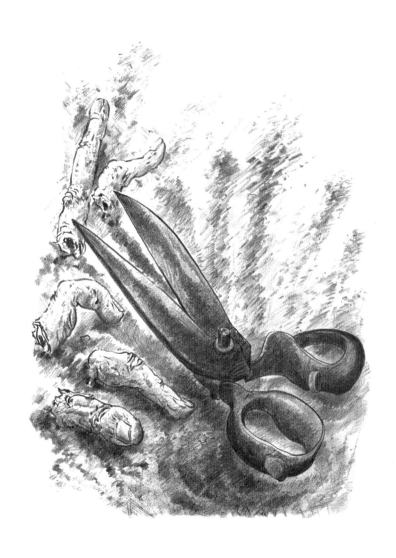

사실이란 무엇인가

　"우리의 삶은 꿈에 불과한가?"라는 나비의 질문은
유행어가 되어 버렸어. 그 질문은 모든 사실을
삼키고 소화시켜 허구의 것으로 배설하지.
오직 사이버 공간에서만 우리의 자아가 존재하며,
모든 것은 디지털이라는 방식으로 살아 있고 소통되는 거야.
네트워크 바깥에 있는 것은 존재하는 척하는 거지.
오직 입력되고 데이터로 저장됨으로써 우리는 불멸인 거야.
　그러므로 알레포와 홈스에서의 시가전은 기껏해야
데이터베이스를 살찌울 뿐이며, 날마다 이라크에서
터지는 폭탄과 천으로 덮어 죽 늘어놓은 시신들은
실제 컴퓨터 게임의 표절이자 가짜 시체일 뿐이지.
가자 지구에서 일어나는 범죄는 신문의 허위 보도로 여겨지고,
수십억의 사용자들은 말도 안 되는 일이라며 웃어넘겨.
　지금 내가 '나'라고 말하려 하면, 그런 흔한 가짜 믿음은 제거되어야 해.
그 존재가 의심되는 '나'의 주장, 즉 독일이라는 이름이 붙은 연방 방위군이
머나먼 땅으로부터 철수하면 그동안 이 귀환 병사들을
도왔던 천 명 이상의 아프간인 근무자들이, 우리 땅에
수용할 수 없다는 이유로 탈레반의 증오와 복수에 내맡겨질 것이라는
내 주장의 핵심은 '책임'을 가리키고 있어. 그리고 그것만이 실재하는
사실이야. 그 사실이라는 것들이 실리콘 밸리에서 자란 저 거인들에게는
쉽게 소화할 수 있는 음식 정도에 불과하더라도 말이지.
　그럼에도 나는 친구들과 함께 '긴급 구조 요청'이라는 제하의
호소문을 작성했지. 햇빛에 퇴색되지 않는 잉크로,
바스락거리는 소리를 낼 게 분명한 종이 위에.
하지만 전국 규모의 한 일간지에게 게재를 거부당했어.
"우리는 어떠한 호소문도 인쇄하지 않습니다."라는 말과 함께.

너무 늦기 전에

너무 지주 그래 왔던 깃처럼
우리는 몰랐다, 라고 아무도 말하지 않기를.

침묵을 지키기만 했던 정의로운 자들 중
단 한 명도 나중에 흠결 없는 자가 되는 일이 없기를.

주중에 내내 침묵하다가
일요일에 스스로를 무죄 방면하는 자가 없기를.

이전에는 무심했다가 뒤늦게야
희생자들을 위한 기념비를 세우려고 하는 일이 다시는 없기를.

죄책감 없이 거울 앞에 서는 이가
아무도 없기를.

나중에 드러나는 수치심은
이미 이전부터 화분들 속에 뿌리박고 있었던 것.

보험 들어 놓은 손실

　최근에 우리 집에 두어 명의 도둑이 들었어.
좀 더 자세히 말하자면, 밖에서도 출입할 수 있는 창고에 말이야.
그들이 몰래 들어오는 데 성공했을 때, 우리는 텔레비전 앞에 앉아
그것도 심야에 방영하는 고풍스러운 추리 영화를 보고 있었지.
물론 파리에서 벌어지는, 강탈당한 보석을 둘러싼 이야기로
긴장감 넘치는 흑백 영화였어.

　창고에서는 우리가 목수를 시켜 미리 마련해 둔,
하나는 자작나무로 다른 하나는 소나무로 만든
기다란 관 두 개를 제외하고는 아무것도 없어지지 않았어.

　우리는 의아하게 여기며 말했지. 도대체 도둑들이
그것들을 어디다 쓴다는 거지? 눈도 내리지 않았기에
그들은 아무 흔적도 남기지 않았어.

　그 이후 겨울 몇 달은 그저 그렇게 추운 가운데
힘들게 천천히 지나갔어. 상실감 때문에 마음이 괴로웠지.
아내가 그녀에게 할당된 관 안에 놓아두었던
스무 개 정도의 달리아 구근이 없어져서 아쉬웠어. 그것들도 우리와 마찬가지로
다음 해 봄을 기다리고 있었는데. 우리는 절도에 대비해
보험을 들어 놓긴 했지만, 결국엔 목재 손실만 보상받았어.

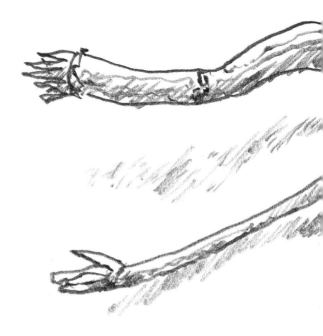

너무 온화한 겨울

숲은 얼마나 빈약한가.
앙상한 나무들이 눈을 기다린다.
눈이 다른 어딘가에, 종려나무 위에 내린다, 라고
일기예보는 전한다.

부엉이의 눈

재빨리 사라지는 쥐와
몸을 웅크린 벌레 너머
부엉이가 응시하는 눈에 우리가 비친다.
일요일이면 동물원을 방문해 답을 찾는
우리의 모습이.

구름에 대해서

    우리의 시인 한스 마그누스*의 가장 아름다운 시들은
구름에 관한 것들이었지. 바라보는 동안 모습을 바꾼다는 것,
시인의 마음을 끄는 건 바로 그 점이지.
구름은 때로는 이 바람에 때로는 저 바람에 날아가지.
살 수도 팔 수도 없고, 언제나 다른 모습으로 부풀어.
저녁놀이 해 주는 화장조차 일시적으로 지속될 뿐.
    지금까지도 '맑거나 흐림'으로 기억하는
발트해의 날씨에 영향을 받았던 내 어린 시절.
방학 동안 날씨는 변덕스럽고 흐렸지만,
나중에, 훨씬 나중에 내 아들 프란츠도
그랬듯 나는 구름 몰이라는 소일을 하면서
시간 보내길 좋아했지. 건당 수당을 받는 일 말이야.
물론 사정은 달라졌지만, 언제나 날씨의 은총과 기분에
영향을 받긴 했어.
    아, 구름 한 점 없는 오늘 하늘은 얼마나 따분한지.

---

* 한스 마그누르 엔첸스베르거(Hans Magnus Enzensberger, 1929~2022). 독일의 작가이자 시인. 귄터 그라스
가 속해 있던 '47그룹'의 일원이었다.

천상의 망상에 빠져

지평선 위에서 ~~듬그렇게 묶인~~ 채로
그것들은 산맥 위로 올라가거나,
느슨하게 연결된 덩어리를 이루어
동에서 서로 부는 바람에 밀려
잿빛에 둘러싸인 둥근 은백색으로,
잡아 뜬 솜뭉치 같은 모습으로
—누가 뜯었지?—
나란히 열을 이루고 있다.

모래사장에 등을 대고 누운 채
파랗게 갠 하늘의
교통정리를 시도하던
그 소년은 누구였던가?

그렇게 천상의 망상에 빠져
티에폴로* 역시 높다란 비계에 올라
하늘에서 눈을 홀리는 작업에 몰두했던 것이다.
보라, 납처럼 무거운 발바닥 때문에 저 아래
머물러 있는 그대들이여,
그 거룩한 화가가 얼마나 열광하며 구름 속에
부드럽게 자리한 만족과 거처를 발견했던가를.

---

* 조반니 바티스타 티에폴로(Giovanni Battista Tiepolo, 1696~1770). 로코코 시대의 이탈리아 화가.

글쓰기에 대하여

일찍부터 나는 글로 적었어. 처음에는 쥐테를린체를 썼는데,
장식이 있는 그 필기체는 지금도 일부 내 필체에 남아 있지.
일기장 하나는 전쟁 중에 후퇴하면서 바이스바서시(市)
근처에서 사라졌어. 그 후 배워야만 했던 평화가 왔지.
그러기까지는 모든 것을, 심지어는 책마저 씹어 삼킬 정도의
허기가 도움을 주었어. 그리고 나서 사랑과 예술에 동시에 빠지게 되었을 때,
나는 결혼 선물로 올리베티 타자기 한 대를 받았지.
그것은 1950년대에 내가 가장 사랑했던 물건으로, 지금도 그래.
나온 김에 말하자면, 레오나르도 다빈치가 만들기라도 한 듯
형태가 아름답고 우아하지.

나는 그 타자기에 의리를 지켰어. 여행할 때도 가져갔으니까.
손으로 쓴 초고를 올리베티는 먹이처럼 삼켰지.
그것이 달가닥거리는 소리는 내게 음악이었어. 이따금 나는 그것을
그냥 가볍게 두드리기도 했지. 오늘날에도 무언가를 쓸 때가 아니라도,
그냥 재미 삼아 두드리기도 해.

그동안 많은 것이 사라졌어. 예컨대 레코드판과 주철 프라이팬 같은 것들이
자취를 감추었지. 올리베티는 리본을 아무리 자주 끼우고 빼도 물리지 않았건만,
이제는 그에 쓸 색 리본도 구하기 힘들어졌고, 완전히 사라질 위기에 처했어.
그래서 중고 리본들이 벼룩시장에서 높은 값에 거래되기도 했지.

어느새 첫 컴퓨터들이 판매되고 미래를 점령할 것처럼 보였어.
그러던 중 감탄할 만한 일이 일어났어.
이 나라가 아니라 스페인에서 한 무리의 대학생들이, 내가 얼마나
케케묵은 방식으로 한 권 한 권의 책을 쓰고 있는지 신문에서 읽고는
선물 꾸러미 하나를 보내온 거야.
그 안에는 알루미늄 포일로 싼 촉촉한 새 색 리본들이 가득 들어 있었어.
해마다 그 수가 줄어들긴 하지만, 이 정도면 내 생이 끝날 때까지 쓰기에도 충분할 거야.

할아버지의 애인

낡은 세월이 지나가기만을 나는 기다려야 해.
입식 책상 하나는 고아가 되어
선반 역할을 할 뿐이고,
또 다른 입식 책상 위에서는 올리베티가 굶주리고 있어.
나를 찾아온 손자들이
경외의 눈으로 바라보는 때를 제외하고 말이야.
올리베티는 아직 풍향계가 있던
시절 이후로 내 놀이 친구지.

그건 여전히 생생하게,
언제든 사용될 준비를 한 채
새로운 리본을 요구하고 있어.
리본은 이제 일곱 개 남았어.
하지만 아이들 눈에 올리베티는
어제 발명되기라도 한 듯 새롭지.
이따금 아이들은 종이 한 장을 끼워 넣고는
손가락 하나로 두드려. 톡 톡.

종이에는 이렇게 쓰여 있어. 이것은 할아버지의 애인이었어.
심지어 휴가 때도 데려갔으니까.
가끔씩 할아버지는 이것을 쓰다듬어.
이것과 할아버지는
많은 아이들을 만들어 냈어,
그 아이들은 오래전에 다 자랐지만.
이제 올리베티는 슬퍼.
눈을 깜박이며 할아버지가 이렇게 말하기 때문이야.
이제 아무것도 떠오르지 않아……

그대의 그리고 나의

　언젠가 아내와 콘서트홀 안에 앉아 있는 꿈을 꾸었다.
우리는 제일 앞 열에, 그러다가 저 뒤쪽에 앉아 있기도 했다.
환하게 밝힌 무대에서 한 테너가 피아노 반주에 맞추어 노래를 불렀다.
아니, 그 사람은 바리톤이었다. 그의 목소리가 「시인의 사랑」을 선사했는지,
아니면 「겨울 나그네」를 선사했는지는 기억이 분명치 않다.
만일 꿈이 아니었다면, 아내는 틀림없이 나보다 정확하게
기억했을 것이다. 음악이라는 영역에서 그녀는 우리가 처음 사랑했을 때부터
나를 앞섰으니까.
　중간 휴식 시간 동안 아무 일도, 어떤 특기할 만한 사건도 일어나지
않았던 연주회가 끝난 후 꿈은 우리를 피로연으로 초대했다.
칭송받는 가수를 위해 베풀어진 것이 분명한 피로연이었다.
느슨한 자세로 옹기종기 모인 사람들은 방금 들었던 노래보다는
그 지역에서 일어난 사건들에 대해 수다를 떨었다.
나는 끼어들지 못하고 빈 잔을 든 채 그들 사이에 어색하게 서 있었다.
갑자기 아내가 생각나 찾았지만 보이지 않았다. 이 사람 저 사람한테
물어보았으나 다들 어깨만 으쓱할 뿐이었다. 두리번거리던 나의 눈에
날씬한 그녀가 마찬가지로 날씬한 가수 앞에 서 있는 모습이 들어온 순간
나는 내가 잘못된 꿈속에 빠져들었다고 생각했다. 대화가 그 둘을
하나로 만드는, 아니 감싸고 있는 느낌이었다. 방해받고 싶지
않은 아름다움의 순간에 그들은 기뻐하고 있었다.
　그럼에도 나는 펄쩍 뛰지는 않고 오히려 차분하게,
서로 간에 할 말이 많은 것 같은 그 한 쌍에게 접근했다.
열정이 그들을 사로잡고 있었다. 내면의 불, 젠장 알 게 뭐람!
　그 장면은 내 꿈속의 귀가 잘못 듣지 않았다면 이제 막 잦아든
연주 정도의 느낌으로 남았다.
　이제 사라지고 없거나 혹은 별로 환영받지 못하는 피아니스트가
너무 요란하게 연주했거나 특정 악절을 너무 부드럽게 연주한 것 같았다.
　어느새 그들의 머리가 서로 가까워졌다, 그것도 너무.
그들의 목소리가 서서히 잦아들었다. 그들은 소리도 내지 않고

손가락으로 대화를 나누었다. 어느새 저 멀리 떨어져 있는
나의 모습이 보였다. 나는 다른 것을, 폭포가 있는 외딴 곳의 풍경을
생각하려고 노력했다. 하지만 영화에서처럼 순간이 단절이
있은 후 아내가 내게 다가와 던진 명료하고 단호한 말에
나는 깜짝 놀랐다. 그 가수와 함께 즉시 라이프치히로,
꿈속의 독일 민주 공화국*이 아니라 실제 독일 민주 공화국으로
갈 것이며, 앞으로도 그녀가 선택한 그 가수를 위해
피아노 반주를 하고 싶은데 그래도 되느냐는 말이었다.

나는 얼마 남지 않은 이성을 재빨리 끌어모아 나를
마비시키는 질투로부터 벗어나고자 했고, 꿈에 저항하는
마음속의 논리로 자신을 타일렀다. 내 목소리가 들렸다.
나도 같이 갈 거야, 라이프치히로.

그녀는 나의 제안을 받아들였다. 아주 간단하게.
생시에서처럼 희미한 미소를 지었고, 그것은 동의의 의미였다.

그러고 나서 꿈은 지나치게 세세하게 진행되었다. 또 다른 독일로의
즉각적인 여행을 승인받기 위한 노력으로 나는 여러 곳의 관청을 방문했고,
심문에 가까운 질문들을 받았다.
공간들의 실내 시설로 보아 동베를린의 관청임을 추측할 수 있었다.

마침내 나는 사회주의 국가에서 공식적인 등장을 피하고,
더 나아가 글쓰기를 완전히 포기한다는 것을 문서로 약속해야 했다.
망설이지 않고 오히려 신속하게, 의심 없는 사랑의 마음으로
나는 여러 장의 서류에 서명했다.
스탬프 소리가 탕탕 울렸다. 꿈속처럼 가볍게 나는 모든 것을 단념했고,
노래 가사에서처럼 눈앞에 목표가 주어졌다.

그때부터 셋의 결혼 생활이 이어졌다. 그들의 침대 장면은
들추고 싶지 않다. 그 둘을 위해 요리하는 나의 모습이 보였다.
아마도 규정식**일 것이다. 기이하게도, 꿈속에서 시간을 잴 수
있다면, 얼마 후 나는 악보를 읽을 수 있게 되었다.
지금까지 음악을 수동적으로만 즐겼던 나는 이제 악보만 봐도

---

* 통일 전의 동독을 가리킨다.
** 환자에게 맞추어 차리는 음식.

바로 음악이 들렸다. 아, 깨어 있는 상태에서도
그럴 수 있다면 얼마나 좋을까!

　그 가수, 내 아내가 아무렇지도 않게 뵐프헨이라는 애칭으로
부르는 볼프강은 해외 순회 공연을 하며 외화를 벌어들일 정도로
유명했기 때문에, 꿈에서 나는 악보를 넘겨 주는 사람으로
함께 여행을 다닐 수 있었다. 나는 능숙하게 그리고 가능한 한 눈에 띄지 않게,
각 프로그램에 있는 「겨울 나그네」, 「시인의 사랑」 등 불멸의 작품들의 악보를
넘기는 걸 돕도록 허락받았다. 나는 그들의 필수 불가결한 일원이었다.

　우리는 파리, 밀라노, 에든버러, 심지어 시드니와 도쿄에도 갔다.
세상은 내게 꿈처럼 아름다워 보였다. 나는 또한 거듭
새로운 기쁨을 주는 작은 승리감을 즐겼다.
볼프강 혹은 뵐프헨은 언제나 자신의 목소리에 신경을 썼고,
찬바람과 갑작스러운 날씨 변화와 대도시의 스모그를 피했으며,
리허설이나 공연이 없을 때면 내 아내가 그의 목소리를 돌보기 위해 준비한
특별나게 부드러운 차와 흡입기가 구비된, 온도 조절이 잘된 호텔 방에서
자유 시간을 보냈기 때문에 나는 시간이 날 때마다 박물관, 대성당, 불교 사원,
그리고 그 밖의 명소들을 방문할 수 있었다.
런던 탑을 방문해 어둠침침한 지하 감옥들을 보았던 순간들은 잊히지 않는다.
다만 당시 레닌그라드로 불렸던 페테르부르크 시내를 백야에 산책하는 꿈은
단 한 번도 꿀 수 없었다.

　콘서트가 끝나면 나는 어딘가로 가 버렸고, 그동안 내게 맡겨졌던
두 사람은 도피하듯 즉시 호텔 방으로 가 버렸다. 그들은 한밤의 태양도,
그 밖의 무엇도 보거나 체험하지 못했다. 때마다 바뀌는
관객들과 박수갈채만을 경험했을 뿐.

　꿈이 지속되는 동안 우리는 그렇게 하나가 되어 그럭저럭 살아갔다.
그 꿈은 한 편의 그저 그런 소설 혹은 지나치게 방대한 소설이 될 수도
있었을 것이다. 하지만 실제 독일 민주 공화국의 종말이 프로그램에
없었기 때문에 우리 셋의 결혼 생활이 장벽이 무너진 뒤에도 계속될 수
있었을지는 의문으로 남는다. 그 대답은 영영 알 길이 없겠지만.

욕망이 열정과 짝을 이룰 때

순수하지 못한 욕망이 열정과 짝을 이룰 때
알맹이 없는 헛된 말이 침대와 탁자와 의자 들을
차지해 버린다. 치료사들은 하는 일에 비해 너무 많은 돈을 벌고,
그 혹은 그녀가 무엇을 가졌는지, 내가 무엇을 갖지 못했는지 같은 질문은
낯선 접시들에 담긴 이국적인 음식들을 삼킬 뿐이다.
이성은 한쪽 구석으로 내몰려 토라져 있고,
모든 꿈은 미리 의심받고,
노랑은 다른 모든 색깔을 무가치하게 만든다.
손가락 마디들은 잃어버렸다고 믿는 재산을 헛되이 두드리고,
분노는 열린 문을 통해 터져 나가고,
넥타이나 숄에서는 금지된 살 냄새가 난다.
영화는 표어들이나 만들어 내고,
호르몬은 사람들이 미치도록 작용하고,
거울은 사람들을 눈 멀게 하고,
우유는 커피 속에서 굳어 버린다.
한 손은 나머지 다른 한 손에 쥐여진 편지를
개봉하고 싶은 유혹을 느낀다.
열 번이나 맹세하도록 요구받으면서
영혼은 치통을 앓는다.
증오는 날카로운 것들을 붙들고,
컵은 쨍그랑 깨지고, 고통은 비명을 지른다.
사랑의 재고품은 병조림이 되어
서늘한 창고에 쌓인 채로 사라지겠다고,
한 스푼 한 스푼씩 사라지겠노라고 위협한다.

상실의 불안

당신은 나보다 앞서가거나, 아니면 뒤에 남은 친구들에 속하겠지.
어쨌거나 목록은 점점 더 길어지고 있어. 혹은 첩자일지도 모를 누군가가
―누구의 지시일까?―비밀 서랍들을 비운다. 그것은 내게
사랑스러운 심연이다. 유실되어 찾지 못하는.
갑자기 열쇠가 사라져 나는 바깥에서 헤매고 추위에
얼어붙는다. 비록 태양은 조롱하듯 나를 비추지만……
그 밖에도 사라지겠다고 위협하는 것들: 이름들과 집 번지들.
숲속 길에 대한 회상, 그런데 어디로 이어졌던 길이지?
나를 기쁘게 해 주었던 발견: 화석화된 달팽이가
흔적도 남기지 않고 기어가 버린 것. 희극적이면서도 고통스러운 것:
파이프를 가득 채웠지만 성냥도 없이 길을 걷는 것. 달리 말하자면:
잘난 척하는 이 사람은 이제 지쳤어. 욕구만 남아 허세를 부려.
욕구마저 사라진다면, 다만 구멍으로 남을 테지……
그리하여 눈물도 흐르지 않은 지 오래인, 아마도
5월일지도 모를 어느 날 마침내 웃음마저 사라지겠지.
그리고 왼 손가락들을 모두 잃는 거지. 아니면 오른 손가락들을.
그것들 없이 내가 무엇을 한단 말인가?
최근에 나는 이따금 그랬듯이 내 고무지우개를 찾아보았지만,
허사였어. 함부로 짖어 대는 개 같은 불안이 나를 엄습했지.
마지막 이를 잃고 나서도 또 이런저런 것을 잃을 거라는,
내가 굴렸던 돌도, 최근의 상실들을 대신해 주었던
당신도 잃을 거라는 불안.

그는 가 버렸어

얼마 전 나는 옛날 옛저부터
닫혀 있던 옷장을 열었어.

거기엔 옷이라곤 걸려 있지 않은
옷걸이들만 있었지.

그래서 나는 옷걸이마다 묵직하게
죽은 친구들의 옷을 걸쳐 주었어.

그것들이 오래 남아 있도록
주머니마다 좀약도 넣어 두고.

옷걸이 하나는 비워 두었는데,
아마도 나를 위한 것일 테지.

그러고 나서 나는 옷장을 닫았고,
열쇠를 꿀꺽 삼켜 버렸지.

온실 속에서는

시의 새싹을 위해 많은 정원사들이 일하고 있다.

그들은 푸석푸석한 석재에도,

툭툭 불거지며 갈라 터진 아스팔트에도 씨앗을 뿌려

그 씨앗이 싹을 틔워 꽃을 피우거나 쐐기풀처럼 자라도록 가꾼다.

이국의 식물, 취하게 하는 향기를 다루는 이들도 있다.

많은 정원사들이 종이꽃에서 꿀을 빨아 먹는다.

남의 화단에서 꽃을 훔치는 이들도 있다.

나는 기다린다. 망가진 전구가 놀랍게도 빛을 낼 수도 있다.

또는 하수구에 굴러 들어간 동전이 오랫동안 지연된 붕괴를 촉발시킬지도 모른다.

지나가면서 포착된 아주 사소한 단어 하나가 잠복하던 시구 속으로 편입될 수도 있다.

발병 난 기회들이 기다리고 있다. 어떤 것도 하늘에서 이슬처럼 떨어지지 않는다.

맨 처음부터 리드미컬하게 두드리면서 깨고 나오려는 규칙들이 있었다.

그 때문에 하나하나 음절을 따지는 자들이 잡초 속에서 솟아난 것이다.

그러나 두운, 압운, 교차운, 미운 등으로 사용되었던

알록달록한 과실을 맺는 오래된 식물이 이제 유전자 조작이 되어

시장에 등장할 것이다. 컴퓨터와 마르틴 루터를, 인터넷과 코르셋을

혹은 복제 생물과 드론을 짝 짓는, 그저께만 해도 어려웠던 일을

경박하기만 한 로봇들이 조만간, 아니 내일이면 너무도 쉽게 해낼 것이고,

우리가 주문만 하면 송가나 비가를 시적 정취에 맞게 만들어 줄 것이다.

온실에서 우리 모두는 각자의 식물을 돌볼 수 있게 된 것이다.

그러나 이미 너무 많은 시들이 쌓여 있고, 전문가들은

그중 가장 아름다운 작품들을 선집으로 묶는다. 시의 줄타기 곡예사인

페터 륌코르프*가 어느 여름날 정오경에 죽었을 때, 그의 아내는 그의 입이

다물어지도록 콘라디**가 편찬한 두툼한 『위대한 시집』을 턱 밑에 받쳐 두었다.

그러나 아직 살아 있는 나는 포기하고 그만두지 않을 것이다.

아직 달력은 3월이라 하고, 수십 년도 더 전의 초봄이 머릿속에

---

*   Peter Rühmkorf(1929~2008). 독일 전후 문학에 큰 영향을 미친 작가.

**   독일 문학사의 시를 망라해 실은 『위대한 시집(Großem Gedichtbuch)』을 엮은 칼 오토 콘라디(Karl Otto Conrady, 1926~2020)를 가리킨다.

떠올랐기 때문이다. 그러니 다시 한번 계절을 노래하는 시를 지을 것이다,
말했듯이 나는 포기하고 그만두지 않을 것이기에…….

다시 3월이 오면

셰익스피어라는 이름의 장미,
사랑이 손수 나를 위해
작업실 문의 오른편에 심어 놓은
그 꽃이, 차오르는 수액에게
싹을 틔우라고 촉구한다.

장미는 모범을 보이고 싶어 하는 것이니,
매일 아침 나를 찔러 대며
자신과 마찬가지로 나를 표현하라고 한다.
공황을 약속하는 불안에 의해
추동될지라도.

한때 나는 3월을 노래했지,
낱말들을 두드려 날카롭게 벼려
모든 옹이 구멍 속으로 몰아넣으면서.
모든 것은 열려 있었어. 오로지 천사들만
메마른 채로 답답해했지.

가르칠 수 없는 것

1934년 여섯 살 반 무렵이었을 때, 학교에 들어가기 직전에
나는 왼손잡이 버릇을 버렸지. 잿빛 석판 위에다
석필로 비뚤비뚤 힘겹게 썼어.
　　그 후론 오른손으로 능숙하게 쓰지만, 던질 때나
칼로 베거나 두드릴 땐 왼손이 더 섬세하게 잘해 내.
그리고 나이가 든 지금은 언제나 개가 나를 앞서갈 정도로 꾸부정해져서,
수로를 따라 걸을 때면 왼손으로 지팡이를 짚어.
그 밖에 가르칠 수 없는 다른 모든 것에서
나는 왼쪽으로 멀리 서 있어, 나 자신에게서조차.

종말

최근에 한 문장을
세 번 꺾어 쓰고는*
종이들을 되돌아 넘겨 보다가,
몇 년 전 같은 주제를 가지고
한 번 더 적게 꺾고도 더 정확하게 쓴 것을 발견했어.
이젠 끝이야, 나는 소리쳤지만
그 외침 또한 몇 년 된 낡은 종이 위에
쓰여 있었어.

---

* 여러 차례 은유적으로 변형시켜 썼다는 뜻.

나의 바위

　　다른 젊은 남자들과 마찬가지로—물론 여성들과도 마찬가지로—
내가 뒤셀도르프 예술 대학에서 실존주의자들의 신분증으로 아랫입술에
담배를 꼬나물고 위아래로 흔들던 시절, 우리는 입만 열었다 하면
시시포스의 바위 이야기를 하며 허풍을 떨었는데, 그 바위는 종전 직후
독일어로 번역되었던 알베르 카뮈가 우리에게 굴려 보낸 것이었다.
우리는 그 바위를 둘러싸고 우리의 혀를 연마했다. 그 바위는 아니오, 라고
말하는 자들로부터 긍정될 수 있었다. 목표에 도달하는 것처럼 보이는 순간
그것이 다시 산 아래로 굴러 내려간다는 것은 피할 수 없는 운명이라는 그런 생각이었다.
　　하지만 운명은 그 바위가 다시 산 위로 올라갈 것을 요구한다. 그것은
내 의지가 따를 수밖에 없는 그 바위의 의지이다. 나는 그 바위를 좋아하지
않았지만, 그 바위는 내게 속하는 것이며, 호언장담하는 자의
희망 따위로부터 나를 보호해 준다. 나는 예찬할 가치가 있다며
그 바위를 칭송하기도 하지만, 때로는 형벌로 혹은 선물로 칭하고
경멸하기도 한다. 그 바위는 어떤 바위도 움직일 만한 가치가 없다고 보는
냉소적인 수다쟁이들로부터 나를 분리시켜 준다. 그것은 압도적이지 않아서, 아니
얼핏 보면 둥글기도 해서, 애를 쓴다면 굴릴 수도 있다. 그 바위는 인간적인
척도에서 다정하게 말하며 용기를 주기도 한다. 그것으로부터 달아나는 것은
헛된 일로, 나는 언제나 바위의 유혹하는 외침에 따라잡힌다.
　　잠을 자면서도 나는 바위에 손을 갖다 대고 바위를 어깨로 떠받치기도 한다.
바위 때문에 땀이 나기도 한다. 이따금 자만심은 바위 때문에 내가 강해진다고
말하라고 나를 회유하기도 한다. 적수인 사르트르가 불쾌한 심정으로
거부하려고 했던 것, 그것은 바위가 가진 한 측면, 즉 행복이라는 모습이었다.
　　하지만 이제 더 이상은 안 되겠다. 헉헉거리면서 나는 바위 위에 앉거나
거기 기댄다. 나와 교대할 누가 오고 있는가? 바위를 옮길 만큼 힘센 누가?
어느새 바위에는 이끼가 낀다. 산 정상은 구름으로 덮여 있다.
나는 여전히 바위, 이제는 손에 즐거움을 줄 더 작은 바위들을 꿈꾼다.

해변의 산책자가 발견한 것

바다의 가장자리가 굴렸던 부싯돌들,
가까운 들판에서 풀을 뜯는
암소들처럼 흑백으로 얼룩덜룩한 그것들은
푸르스름한 잿빛으로, 빙하기와 빙하기 사이에
닳아 반들반들해진 것들이야.
각각이 다른 모양으로 둥그레한 그것들은
오랫동안 백악 속에 감추어져 있었지.

이제 내 주머니들은 그것들로 불룩해.
나는 휘파람을 불며 그것들을 집으로 가져오지.
이제 그것들은 창문턱에 놓여,
너무 쉽게 믿는 바람에 하늘에서 추락한
깃털들과 대화를 나눠.

부싯돌과 깃털은 결코 낡아지지 않는
오래된 농담을 나누고, 넥타이에 정장을 한
신들을 조롱해.
그것들의 대화를 듣는 자는 너무 빨리 웃거나,
몇 년 후, 너무 늦었을 때
다시 너무 늦게 웃는다.

마지막 희망

　　최근에 제노바에서 출발한 한 유람선이
예전처럼 중앙 바다를 거쳐 북쪽 바다와 남쪽 바다를
순항하다가 갑자기 어딘지 모를 바다로 진입했다.
승객들의 요청에 따라 배는 녹색 언덕이 보이는,
교양 있는 승객들이 '유토피아'라고 이름 붙인
섬에 닻을 내렸다.
　　그런데 그때 이런 일이 벌어졌다. 지난 전쟁 혹은
그 전에 일어난 전쟁 때 살아남은, 이제 다 늙어 노망이 든
승무원들이 탄 잠수함 한 척이 여전히 먹잇감을 노리고 있다가,
'희망'이라는 선체가 정박해 있는 광경을 발견하고는 "지금이야!"라는
말과 함께 미리 아껴 두었던 어뢰로 격침시킨 것이다.
　　그들이 말하듯 망원경의 십자선(十字線) 안에 상상의 적을 포획하기 위해서는
날카롭게 다듬은 말과 의지의 추동력만이 필요한 것이다.

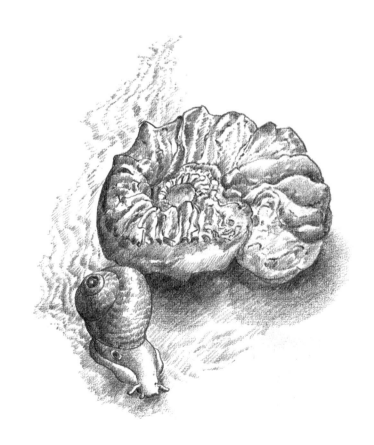

지금

지금은 더 재빠기 버렸다.
지금은 지속을 원한다,
가느다란 밧줄 위에서 춤춘다,
추락하면서 소리친다. 봐,
나 아직 여기 있어.

결승점 없이 달리는 주자가
뒤에서 지금을 독려한다.
하지만 그가 발목에 찬 시계가 자꾸
지금이라는 시간을 멈추고
발걸음을 헤아린다.
발걸음 하나하나가 말한다. 지금 지금 지금이라고.

어떤 못도
나타나자마자 사라지는 그것을 붙들 수 없다.
그것은 거기에 있으면서 어느 순간 사라져 버린다.
죽음이 나타나 지금으로부터
그 순간의 현존을 앗아가 버릴 때를
제외하고는.

오로지 그만이, 죽음만이 언제나 거기 있는 것이다.
그에게는 언제든 호출을 기다리는,
긴 문장들 중간에 우리와 만나고
잠자는 이의 꿈마저 중단시켜 버리는
하나의 음절이 예비되어 있다.

남은 것은 소급 적용된 폐기물과
너덜너덜해지고 구멍난 접착테이프.
그 구멍들 너머로 미래가 깜빡거린다,

지금 이렇게 말하는 것보다
더 나은 건 모르는 채로.
지금 지금 지금이라고.

그들이 서로 대화를 나누도록

부드러운 연필심이 내게 충고한다.
흰 엘크 두개골—먼지를 뒤집어쓴 생일 선물이다.—옆에
틀니를 놓아두라고.
그래야 네 행으로 된 시 한 편이 생겨난다면서.

못과 밧줄

못과 밧줄이 교묘하게 묶인 매듭에 대해 수다를 떤다.
못은 시시때때로
비쭉거리며 웃음을 터뜨린다.
하지만 밧줄은
끊어질지도 모른다는 생각에 괴로워한다.

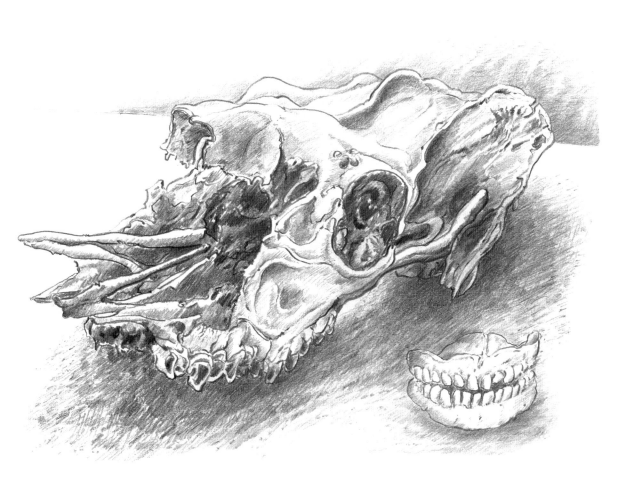

기념품으로 선물할 수 있는 것

　　콜카타는 아직도 나를 추억 속으로 끌어당겨. 그곳에서
비디스라 불리는 작은 담배와 구장 열매와
야자열매의 흰 속을 파는 노점 앞에
둥근 다발 하나가 걸려 있는 것을 보았지. 꼬아 놓은
끝부분에는 잉걸불이 타고 있었는데 지나가는 흡연자들이
그것을 사용하더군. 나도 즉시 파이프에 불을 붙였어.
　　그 둥근 다발의 재료가 무엇인지는 알 수 없었어.
삼 뭉치였던가, 대마 뭉치였던가.
나중에, 훨씬 나중에 내 친구이자 화가인 슈바가
내 부탁으로 같은 뭉치를 보내왔는데
그것은 사용하지 않아 내 작업실에 그냥 놓여 있어.
그 꼬아 놓은 끄트머리를 노상 타오르는 담뱃불로
한 번도 사용한 적이 없거든.
　　의사들은 이구동성으로 타이르지, 흡연은 곧 죽음이라고.
그러나 죽음은 다른 곳에서 바쁜 모양인지 아직 찾아오지 않아.
이제 파이프들은 여기저기 널려 있어, 싸늘하고 불쾌한 기분으로.
　　여전히 나는 이 파이프, 저 파이프를 선물하기가 망설여져.
그것들은 부드러운 연필심으로 그려지기를 원하지. 그 곁에는
삼 꾸러미가 녹슨 갈색의 그 무용한 아름다움을 뽐내고 있고.

밧줄 꼬기

꼬인 창자와 라이트모티프를 가지고,
거미줄처럼 꼬인 거짓말들을 가지고,
바람을 넣어 엮은 밀짚들을 가지고,
— 이것들은 설탕처럼 달콤한 풀로 붙여—
언젠가 친구가 콜카타에서 배편으로 보내 준,
내가 동 틀 녘부터 해 질 녘까지 피우는
파이프에 쉬지 않고 불을 붙여 줄
적갈색 삼 뭉치를 가지고,
연기와 가스가 다 사라진 후에는
그 모든 갈대 풀의 진실을 하나로 엮기 위해
나는 두꺼운 밧줄 하나를 꼴 것이다.
백 개의 매듭과 그보다 더 많은 수수께끼들을
엮을 것이다.
누가 그것들을 풀려 하고, 풀 수 있고, 풀 것인가?

초상화 그리기

　　마일이 아니라 베르스타*로 거리를 재는 저 광활한 동방에서는,
둘 혹은 셋을 제외하고는 그 이름이 잊혀 버린 화가들이
수도원에서 수도원으로 방랑하며
오래된 목판에 아이와 함께 있는 성모를 그리곤 했지.
그들은 언제나 어린아이만을 그렸는데,
기다란 수염을 기른 어른 같은 다른 인물을
그릴 수 없어서가 아니라 경건한 모티프를 충족시켜야 한다는
지속적인 요구 때문이었어. 그들은 전문가였거든.
　　대개의 경우 성모는 엄격한 시선으로 곧장 앞을 바라봐야 했지.
드물지만 가끔은 머리를 살짝 숙이는 정도는 허락되었어.
크기는 서로 달랐지만 그것들은 서로 닮아 있었어.
목판들은 양파 모양 지붕을 한 교회라든가 아니면
가정집의 제단 한가운데, 즉 양초들 사이에 걸려 시선을 끌었지.
순례자들은 그 목판 앞에서 절절하게 기도 드리는 가운데
소망을 말했고, 그중 일부는—오, 기적 아닌가!—이루어지기도 했어.
　　나중에 아이를 안고 있는 성모들과의 차이점을
알아보는 전문가들이 등장했지. 그들은 그림들이 속하는 유파를 입증했고,
수집품들을 시대순으로 나열하기도 했어. 몇몇 그림은
어슴푸레 빛나는 금박 장식이 있기도 했지.
이 성화들은 일찌감치 도둑들이 좋아하는 장물이 되었고,
전쟁 동안에는 약탈당해 먼 나라들로 반출되곤 했어. 그리하여
그곳 박물관에 전시되었지. 그중 일부는 위조품일 수도 있지만.
　　예술을 더 이상 시대를 초월한 것이 아니라 점차로 발전하는 것으로
보려 하게 되었을 때, 현대적인 방식으로 성모상을 그리는 화가들이 등장했고,
그들은 대개의 경우 아이를 그리지 않았어. 그중 하나는
저 먼 동방 출신으로, 이름이 야블렌스키**야. 그는 오늘날까지도 유명하지.
그가 그린 성화상은 이따금 경매에 붙여지기도 해.

---

* 옛 러시아의 거리 단위.

** 알렉세이 폰 야블렌스키(Alexej von Jawlensky, 1864~1941). 독일에서 활동한 러시아 표현주의 화가.

종종 나도 머릿속으로 경매에 참여하기도 하지만,
일본인이나, 금고에 아직 빈자리가 있는
신흥 러시아 부호들이 더 높은 값을 부르고 말아,

꿰뚫어 보다

최근에 꾼 꿈은 나를
그라이프스발트의 박물관으로 데려갔어.

그곳엔 볼거리가 많았지. 보트를 탄 어부들,
진지한 인간들과 광활한 풍경.

하지만 나는 포메른 지방의 예술품에도,
카스파르 다비드 프리드리히*에도 끌리지 않았어.

나의 발길이 향한 곳은 바로 가까이에 있는
작은 방이었지.

그 안에는 약간씩 간격을 둔 채
열두 장이 조금 넘는 그림들이 걸려 있었어.

그 그림들은 모두 다채로운 색깔의 두상들을 그린 것들로,
눈을 뗄 수 없을 정도로 아름다웠지.

박물관 감시원에게 내가 이 계열의
성화 하나를 가지고 있다고 털어놓자,

감시원의 시선은 나를 꿰뚫고 지나,

---

* Caspar David Friedrich(1774~1840). 독일 그라이프스발트 출신의 화가.

멍한 눈을 한 머리들 사이의 빈 공간을 바라보았어.

그러고는 말했지 "최근에 야블렌스키의 그림 중 하나가
도난당했소." 그 말을 들은 나는 꿈속이지만 부담감을 느꼈어.

첫 번째 일요일에

5월의 첫 번째 일요일에 내 손자 하나가 마을 교회에서
견신례를 받았다. 기다란 식탁에 식구들이 모여 아침 식사를 한 후,
나로서는 좀 힘들었지만 우리는 모두 교회 탑이 있는 언덕으로 올라갔다.
바깥에는 밤나무와 라일락나무들이 울창한 자태를 뽐내고 있었다.
교회 안 대부분의 의자엔 사람들이 앉아 있었다. 늦게 오는 사람들은
걸음을 재촉하라고 종이 요란하게 울렸다.

갑작스레 조용해진 다음, 제단과 신자들 사이에서 제 볼일을 보던
목사가 힘이 잔뜩 들어간 목소리와 유창한 언변으로 나를 놀라게 했다.
그는 엔터테이너와 영혼의 목자라는 이중 역할을 매끄럽게 수행했다.
'너 자신이 돼라!'와 '실천하라!'라는 두 가르침이 노래와 기도 사이에서
흔들거리는 설교를 뒷받침했다. 그는 열 명 정도 되는 소년 소녀에게
이제부터는 성인이 되어야 한다고 간절하게 타일렀다. 견신례를 받는
모든 소년 소녀는 우리에게 등을 보인 채 목사의 견해를 인내로
견디고 있었다. 신자들은 이따금 일어서야 했고 곧 다시 앉을 수 있었다.
목사는 한 번도 앉지 않았다.

그런대로 재미는 있었다. 거의 두 시간 동안 계속된 행사는 내게
한때 사회주의자들에 의해 고안된 성년식처럼 보였다. 특히 목사의
감격에 찬 훈시 '너 자신이 돼라!'와 '실천하라!'가 그랬다. 그러나 목사는
신을 앞세워 말했다. 제단 옆쪽에 놓인 하키 스틱, 다양한 크기의 공,
그리고 헬멧 들은 소년 소녀들의 취미가 무엇인지를 선명하게 보여 주었다.
기이하게도 그곳엔 크리스마스 과자 크기의 하트 모양 장식품도 있었다.

그러고 나서 다양한 헤어스타일을 한 열 명 정도의 소년 소녀에 대한
성축식이 이어졌다. 이따금 신자들은 앞에 놓인

종이 위의 가사를 보고 노래를 불렀다. 나도 따라서 노래를 불러 보려는 동안
내 상념은 시간 저 아래 아득한 곳으로 빠져들었다. 하지만
가톨릭식으로 접종받았음에도 랑푸르*의 예수성심교회에서
첫영성체 때 무릎을 꿇었던 순간을 기억해 내는 데는 실패했다.
열 살이나 열한 살 무렵이었을 것이다. 어쨌거나 첫영성체식이 열린 건
내가 아직 자유시**에 살았을 무렵인 전쟁 전이었다. 왜냐하면
할아버지가 첫영성체 선물로 주신 5굴덴 은화가 눈앞에
선명하게 떠올랐기 때문이다. 반바지를 입은 내가 고해소의
격자창 앞에 무릎 꿇고 앉아 있는 모습은 보였지만,
아이로서의 내 믿음이 정확하게 언제부터 바닐라 아이스크림처럼
녹아 버리기 시작했는지는 떠오르지 않았다.
　　아아, 그랬다. 개신교식 성년식이 진행되는 동안
오르간 연주자와 첼로 연주자는 토렐리의 아다지오와 안단테를 연주했다.
그것은 바깥 날씨만큼이나 아름다웠다.

---

* 　Langfuhr. 현재는 폴란드의 브제스츠(Wrzeszcz)이다.
** 　작가가 태어난 단치히 자유시를 가리킨다. 현재는 폴란드의 그단스크(Gdańsk)이다.

뒤쪽 의자에 앉아

나는 텅 빈 교회 안에 앉아 있기를 좋아하지,
믿음은 일찌감치, 첫 여드름이 막 돋을 무렵에
산산이 흩어졌지만.
하지만 쥐 이야기로 비둘기 사육사를
반박하려 시도하면서
성령과 경쟁하는 것만은
여전히 나의 흥미를 끌어.

미신

　이성적으로는 이해가 안 되겠지만 나는 언제나 울음 수를 헤아렸어.
뻐꾸기가 울음을 그치지 않을 때는 얼마나 좋았는지 몰라.
이따금 두 마리가 동시에 울었고, 때로는 교대로,
때로는 듀엣으로 울었지. 그러면 헤아리는 게 불가능했어.
어쩌면 다른 사람이 헤아렸을 테지. 거친 들판으로 가는 동안
뻐꾸기가 울면 나는 즉시 멈추어 서서 눈을 감았어.
　앞으로 내게 남은 햇수를 점치는 게임이었지.
나는 뻐꾸기를 그림으로밖에 본 적이 없어 정확한
모습은 감이 잡히지 않았어. 그리고 그 새가 낯선 둥지에
알을 낳는다는 건 새들 사이에만 알려진 사실이 아니지.
아마도 뻐꾸기가 우리 인간들에게 수 헤아리는 걸
가르쳐 주었을지도 몰라. 언제인지 분명히 기억나진 않지만
나는 스물일곱까지 헤아린 적이 있었어.
　그런데 오늘 문밖으로 나서는 순간, 햇살이 구름 사이를
뚫고 비쳤을 때 위대한 예언가인 그 새가 내게 기한을 정해 주었어.
기쁘기도 하고 놀랍기도 했지. 이제 다시 그 새가 울어.
하지만 나는 더 이상 그를 믿지 않아.

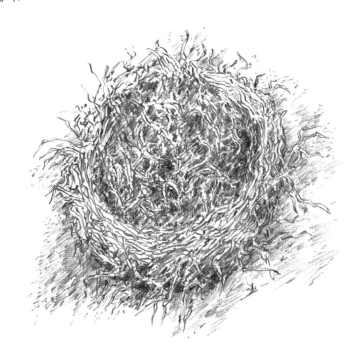

그가 세 번 울었다

뻐꾸기가, 그래, 다른 무엇이 그랬겠는가.

네 번째 울음은 중간에 그쳤다.

꼬르륵거리다가 잦아들었다.

아주 짧았다.

삼 년 반이란 말인가?

아아, 아직도 그렇게 오래 기다려야 한단 말인가…….

너무 짧기도 하고, 너무 길기도 하다.

하지만 다음번에 다시 시험할 기회가 왔으니,

내가 문밖 야외로 나오는 순간,

나와 함께 나의 '그러나'와 나의 '믿음'*이 야외로 나오는 순간,

선물로 세 번 반의 울음이 주어진 것이다.

어느새 나는 계획을 짠다.

나무 한 그루를 심어야지,

가령 너도밤나무나 벚나무, 아니면 자두나무 같은.

어디로 갈지는 모르지만

과감하게 여행도 떠날 것이다.

세 자루 이상의 연필을 뾰족하게 깎고,

어릴 때부터 그랬듯이

깃털 위로 입김을 불어 댄다.

---

* 독일어로 미신(Aberglaube)이라는 단어를 둘로 나누면, 그러나(Aber)와 믿음(Glaube)이 된다.

친애하는 슈누레 씨

　그림자 사진사인 당신은 생전에 넉넉한 인심으로 이야기 하나를 해 주었어.
나중에 써먹으라며 공짜 선물을 주었던 거지.
　이탈리아와의 국경 지대에서 살았던, 아이 없는
한 부부의 이야기였어. 마을 이름은 모르겠어.
어느 날 그들의 자동차가 없어졌어. 누군가가 훔쳐 간 거지. 가끔 있는 일이긴 했어.
　그런데 며칠 후 그 피아트가 다시 차고에 들어와 있지 뭔가.
움푹 들어간 데도 긁힌 데도 없이, 말끔하게 세차된 상태였어.
운전석의 자동차 열쇠 옆에는 편지가 하나 놓여 있었지.
긴급하게 필요했던 '대여'에 대해 도둑이 감사해한다는 내용으로,
밀라노의 스칼라 극장으로 초대하는 두 장의 입장권이 동봉되어 있었어.
정확히 어떤 작품인지는 모르지만, 베르디의 오페라가
프로그램에 실려 있었지. 아마도 「라 트라비아타」였을 거야.
　부부는 신나서 여행을 떠났지. 하지만 음악이 남긴 강력한 여운에
젖어 행복해하면서 자정 직후 집으로 돌아왔을 때,
그들은 자신들의 집이 송두리째 비어 있는 것을 발견했어.
　친애하는 슈누레 씨, 나는 당신에게 편지를 보내는 바요.
오래전에 있었던 절도 사건 후 비록 다른 선물을
받긴 했지만, 우리에게도 비슷한 일이 벌어졌기 때문이라오.

도난품

그것들이, 두 개의 관이
다시 돌아왔다.
들어오라고 초대하는, 기다란 두 개의 관.
겨울에 도난당한 그것들은
우리가 폴란드 여행에서 돌아온
어느 여름날 거기 있었다.
아무 흠집도 없이,
푸른 방수포에 덮인 채로.
다만 달리아 구근들은 사라지고 없었다.
아마도 다른 어딘가에서 꽃을 피웠겠지.

무엇 때문에 도둑들은,
없어져서 섭섭하다가 나중에는 거의 잊어버린,
하나는 소나무로 다른 하나는 자작나무로 만들어진
우리의 사전 준비물인 관 두 개를
힘깨나 들여서 가져와
우리를 기다리게 했단 말인가?

왜 돌려주었는지 설명하는 편지도 쪽지도 없었다.
다만 나의 관 안에는
박엽지 위에 나란히 굶어 죽은
두 마리 쥐가 연약하고 아름다운 모습으로 누워 있었다.
텅 빈 해골, 앙증맞은 골격이 섬세한 윤곽을 이루고 있었다.

여전히 우리는 그 수수께끼를 풀려고 생각하고 또 생각한다.

발견된 오브제*

충격을 주면 굴러가다가 멈추는 것들. 벼룩시장에서
값싸게 살 수 있는 것들. 나의 눈길 안에 있고, 내 수다스러운
이야기들 중 하나를 그것들에게 갖다 붙일 때까지 내 요구에 따라
가만히 침묵을 지키는 발견된 오브제들을 나는 시도 때도 없이
만지작거렸지.

발견했다고 수고비를 받는 것도 아니었어. 어릴 적 등굣길에
수염처럼 꼬불꼬불한 열쇠가 내 앞에 놓여 있는 것을
발견한 후 평생 그것의 자물통을 찾아다녔지.

종종 기억 속에 떠오르는 가보들, 폭탄 파편들, 그리고
언제나 다른 모습으로 삐죽빼죽 깨진 물건들. 그림자를 던지는 것.
유용하지만 사라져 버린 것. 주목받지 못한 채 먼지만 수북하게 덮어쓴 것.
운 좋게 자두 크기의 호박(琥珀)을 발견한 적도 있었지.
보석의 아주 깊숙한 곳에서 다윈의 벌레가 신의 존재를 반박하고 있었어.

여행하다 보면 도시 외곽에서 아이들이 쓰레기 더미 안을 쑤셔 대고,
뭔가를 발견해 던져 버리는 모습을 종종 목격하곤 했지. 그러면 나도 그 사이에
끼어들었고, 많은 손가락을 가진 무리는 끝내 이 낯선 이방인을 내쫓아 버렸지.

---

* 주로 기계 제작된 기성 일상용품들이지만 예술 작품이나 예술 작품의 일부로 새로운 지위를 부여받은 오
브제.

구시가에 남은 것들 안에는

아가리가 커다란 굴착기들에
중세 시대 하수구의 흔적들이 발굴되어서
시 문화재청의 조례 발표로
시급했던 건설 계획들이 중단되었어.
사람들은 소화되지 않은 음식 찌꺼기를 발견하길 기대해.
과거에 먹었던 음식과 그 영양가를
오늘날의 풍족한 음식과
비교할 수 있기를 기대하면서.

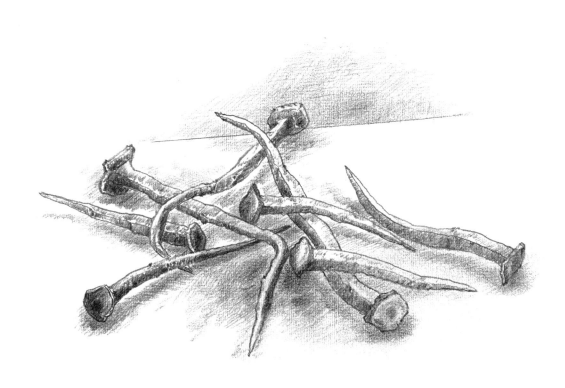

죽음의 무도(舞蹈)

　무엇이 나를 몰아세워 여름마다 울퉁불퉁한 가죽으로 말라붙은
두꺼비와 개구리 들을 수집케 하는가?
　최후의 황홀경 후 그것들은 황무지로 통하는 모랫길 위에
바싹 말라 버린 채 납작하게 누워 있다.
　운 좋은 날이면 나는 갈색 갓을 한
버섯들을 담았던 바구니 안에 그것들을 담는다.
　나중에 그것들은 나란히 열을 지어
윤무를 추는 춤꾼이 된다.
　재빨리, 음악이 끝나기 전에 연필은 그것들을
내 종이 위에 영원히 살게 한다.

똑바로 응시하기

올디기 뒤 암소가 있는 곳에서
나는 휘파람으로 개를 부른다.
짖어 봐야 헛일.
그 무엇도 암소의 시선을 흐리게 하지 않는다.

발자국 읽기

파도 가장자리 옆에서
나는 맨발로 모래 위에서
나 자신을 만난다.
다가섰다 물러섰다 하면서.

사냥 시즌

피카소의 평화의 날개는 점토 비둘기로 변했다.

과녁을 날려 보내는 기계가 점토 비둘기들을 하늘 높이 내뱉는다.*

명중 또 명중. 모두들 한 번씩 해 볼 수 있다. 집게손가락을 사용해도 좋다.

조준경 십자선에 걸린 것들에 애도를.

페이스북 사용자들은 명중시켜야 할 이들의 명단들을 작성한다.

최신 의상을 무대에서 뽐내지 않는

패션쇼란 존재하지 않는 법. 이번엔 방탄조끼다.

미국에서 그것을 교복으로 입더니, 이젠 우리도 그렇게 되었다.

---

* 요즘은 주로 점토를 구워 만든 원반을 명중시키는 클레이 피전 사격(clay pigeon shooting)을 가리킨다.

사냥 허가 기간

그들이 산탄총을 쏘면
공기 중에 납 냄새가 진동한다.
일찍이 배운 대로 나는 새들이 숨어 있는 구멍을 이용하고
탄환 사용은 피한다.
그래서 때때로 깃털을 잃긴 하지만.

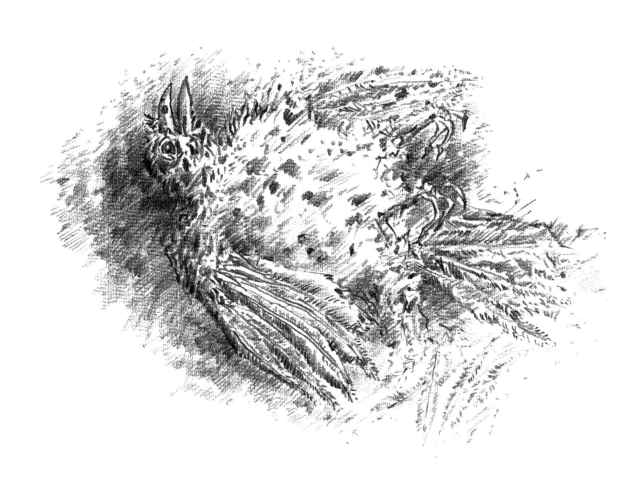

종결선 긋기

　빠져 버렸어, 빠져 버렸다고! 다른 것들과 마찬가지로,
뿌리에서 떨어져나왔어. 안에 모기가 든 호박(琥珀)과 지난해에 생긴
다 해진 눈[目] 무늬 공작 깃털 옆 잡동사니 사이에
외알박이 보석 홀로 보란 듯이 놓여 있다.
텅 비어 있는, 거의 사용되지 않는 입식 책상 위 선반에.
　이제 치통은 없다고, 마침내 나는 말할 수 있다.
나는 자기 꼬리를 물어 버린 개에 대한 짤막한 이야기라든지,
계속되는 동안 우유가 시어 버리는 제법 긴 이야기 등
이런저런 이야기들을 익히 알고 있다. 또 죽도록 웃기는
희극적인 생각도 떠오른다. 예컨대 노벨 평화상이 병기 공장인
크라우스마파이*에 수여되는 것 따위 말이다. 하지만 그것에 대해서는
신랄한** 누군가가 이야기해야겠지.
　점점 더 많은 낱말들이 소진된다. 언제나 때 이르게 죽는 이들이 있다.
사실이라고 주장되는 것은 이미 다른 사람을 거쳐 온 중고품이다.
나는 어느새 멀찍이 경기장 외곽에 서 있다. 성냥개비들이 다 떨어져 간다.
나는 이제 말하기가 망설여진다.
　호의적인 의도를 가진 어떤 자가 내게 충고한다. 아직 손이 떨리지 않는 동안
종결선을 그으라고.

---

* Krauss-Maffei Wegmann. 독일의 군수 산업체.

** 독일어로 신랄하다는 뜻의 단어에는 '물다'는 뜻도 있다. 이제 이가 다 빠진 그라스 자신보다는 이가 성한
다른 이가 그 이야기를 해야 한다는 뜻.

결산

빽빽하게 꽂힌 책들,
그것들의 등에 있는 이름과 제목은
나의 신분 증명. 이미 오래전에
만료되고 낡아 버렸지만 아직 유효하긴 하다.

어떤 내가 한 쪽 한 쪽 낱말들로 채웠는지,
짧고 긴 문장으로 포착하기 위해
어떤 대상을 다루었는지, 그 동력은 어디서 왔는지,
나는 이제 더 이상 모른다.

다만 내게 주어진 소명이었기에
써야만 했다, 흑판 위에 흰 분필로,
무엇에 대해, 누구인가 상관없이,
왜, 그리고 누구의 이익을 위한 것인지
거듭거듭 헤아리면서.

책상에 꽂은 책들, 줄지어 늘어선 책등들.
왼편에 오른편에 세워진 목재 널빤지가
시간의 흐름을 가로지르며
그 책들을 지탱해 준다,
아직 오지 않은 독자들을 대비하여.

오래전부터 그것들은 내 소유가 아니다.
내겐 여전히 부담스러운 짐으로 남아 있긴 하지만.
이게 전부다. 종결선 아래 보태질 뭔가가
아직 더 있단 말인가?

8월

잎사귀들이 시들시들해진다. 배부른 거미들이 거미줄에 매달려 있다.
전쟁이 사방으로 번져 나간다. 부엌에서는 인포라디오 방송이
신속하게 확장되는 전선(戰線) 소식을 알린다. 집계된 사망자 수도.
주식 시장이 가볍게 출렁인다. 스코틀랜드는
스코틀랜드로 남으려 한다.

1차 세계 대전의 백 번째 생일이 가까워지고 있다.
오래 묵은 책임 문제가 다시 제기된다. 발터가 옛날에 그랬던 것처럼,
나는 바위 위에 턱을 괴고 앉아 있다.

그 여름에 분기탱천하여

여기에선 기뭄이, 저기에선 홍수가 나고,
종교 문화 유적 파괴에 혼이 나간 우리는
1차 세계 대전의 기억을 떠올렸다.
여기저기선 비상시를 대비한 연습인 양,
3차 세계 대전의 조짐이 보이고 있었다.

8월이면 언제나 그렇듯
수확이 끝난 들판은 벌거숭이가 되고,
하루 노동의 임금을 받은
나는 그늘 안 바위 위에
꼼짝도 않고 앉아 있었다.

왼손으로 턱을 받치고
팔꿈치는 무릎 위에 괸 채
죽치고 앉아
숨을 참았지,
그 여름에 분기탱천하여.

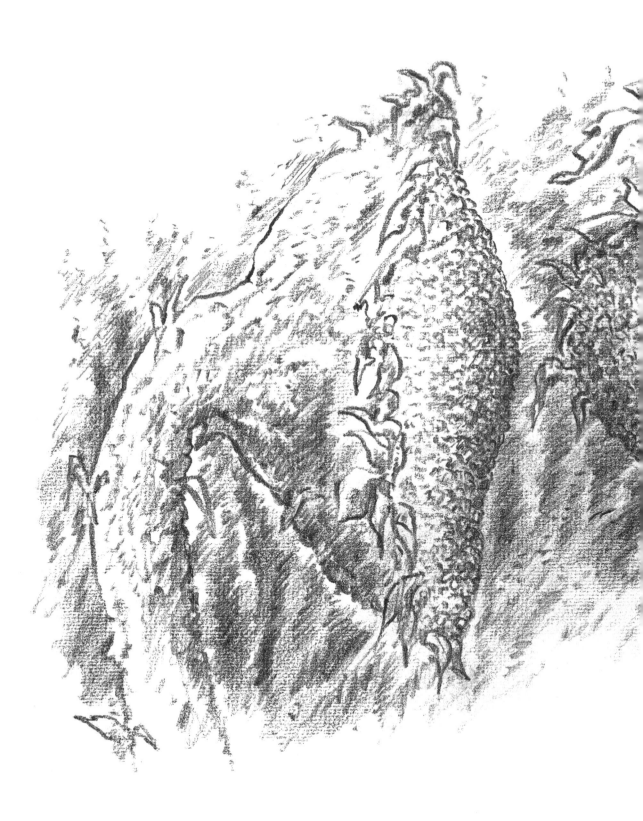

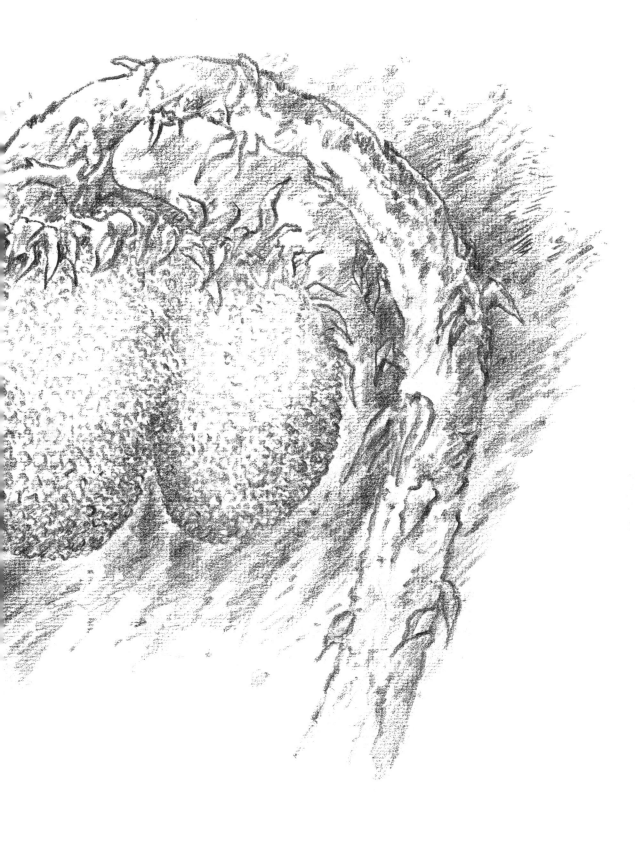

쿠르브윤 씨의 질문

　매일 아침 일하러 가는 길, 내 작업실과 막 시작한 작품이
기다리는 제방 뒤 내 집 바로 앞 해바라기 사이에 서서
쿠르브윤 씨는 정원 담장 너머로 활짝 웃으며 이렇게 인사를 건넸다.
"그래요, 친구, 오늘은 또 무슨 정치 이바구가 있소?"
그러면 나는 이 이야기 저 이야기 장황하게 늘어놓았다.

　당시에 우리가 살았던 마을은 북해와 발트해 사이의 모든 마을들처럼
전후 동프로이센과 포메른에서 밀려오는 수많은 피난민들을
받아들여야 했다. 모르려야 모를 수 없는 이주였다.
오래 산 몇몇 노인네들은 이전 일에 대해 거듭 즐겨 이야기를 늘어놓는다.
그들은 꼭 쿠르브윤 씨처럼 말했다.
하지만 오직 그만이, 그가 더 이상 해바라기 사이에
서 있지 못하게 될 날까지 내게 "친구……." 하고 인사를 건넨 사람이었다.

　그들은 '국외 추방자들'이라 불렸다. 그들과 함께,
어릴 때부터 나를 따뜻하게 데워 주었던 한 언어가 소멸했다.
남은 언어라도 구해 보려 했지만 헛일이었다. 오직 쿠르브윤 씨의
인사만 남았을 뿐. "오늘은 또 무슨 정치 이바구가 있소?"
하지만 매일 아침, 정원 담장 저 너머로 보낸 나의 대답들은 기억나지 않는다.

유한함에 관하여

이제는 다 지난 일.
이제 너무 많은 일을 겪었지.
이제 다 스러지고 다 지나갔어.
이제 모든 것이 느릿느릿.
이제 방귀도 나오지 않으려고 해.
이제 더 이상 불쾌할 일도 없어.
곧 더 나아지겠지.
느릿느릿 남은 생을 사는 거야.
온 세상 모든 것은 끝이 있으니까.

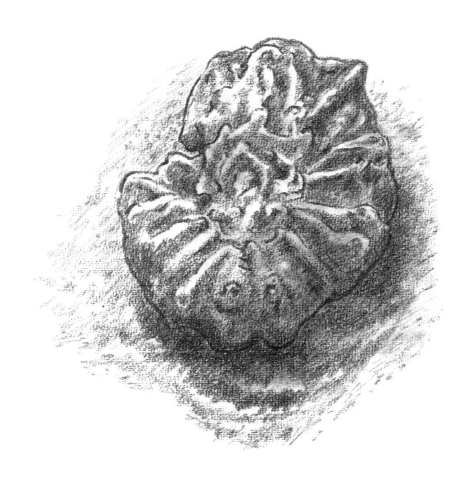

옮긴이의 말

1. 노대가(老大家)의 수다 떨기

권터 그라스가 저세상으로 간 지도 어느덧 팔 년. 그는 2차 대전 후 지리멸렬하던 독일 문단에 신선한 바람을 일으키며 등장한 야생마 같은 작가였다. 그와 함께 나타난 꼬마 오스카도 요란하게 소리를 질러 유리를 깨고 양철북을 두드려 댔다. 나치즘의 광기 어린 폭력의 정체를 고발하고, 과거사를 거듭 일깨우며 민주주의의 토대를 다지는 데 평생을 바쳤던 그라스에게 독일 사회는 '독일 민주주의의 교사'라는 별칭을 붙여 주었다. 작품 활동에 그치지 않고 아수라장 정치 현장에도 능동적으로 관여함으로써 '시민' 작가의 길을 갔던 그의 흔들림 없는 화두는 파시즘 극복이었다. 파시즘의 징후가 어른거리는 곳이라면 글로 몸으로 저항하며 고군분투한 삶이었다. 전후 독일 사회의 최대 과제였던 과거사 극복은 이제 어느 정도 달성된 것으로 보인다. 그러나 이곳 사정은 어떤가. 해방 후 팔십 년 가까이 지났으나 우리 사회 곳곳에 도사리고 있는 친일의 기세는 여전히 등등하다. 권터 그라스의 유고집 『유한함에 관하여』를 조심스럽게 들추어 보는 나의 시선은 그러므로 독일과 한국이라는 두 나라의 파란만장한 현대사 그 두 영역 사이를 오간다.

노년에 들어 병고에 시달리는 가운데서도 그는 틈틈이 심경을 토로하는 글을 남겼다. 맨 처음 나오는 「새처럼 자유롭게」에서 고백하듯 오래전부터 종말을 맞을 준비를 해 왔던 그는 깃털처럼 가벼운 존재로 자신을 다시 느껴 보려 한다. 이 사람도 되어 보고 저 사람도 되어 보고, 죽은 자들도 깨워 다시 보고, 부끄러움도 없이 짐승을 밧줄로부터 풀어놓기도 하고, 목표를 향하면서도 방황해 보려고 한다. 관점의 자유자재한 변화는 그라스 문학의 꿈틀거리는 동력이며, 세상을 편견 없이 보려는 당찬 실험 정신으로부터 오는 것이다. 『유한함에 관하여』는 노대가의 솔직함과 경쾌함, 장난기와 진지함이 하나로 뒤섞여 그의 인간적 풍모를 파노

라마처럼 보여준다.

권터 그라스가 말년에 본 자신의 모습. "썰물 때 걷는 거지,/ 한 걸음 한 걸음./ 발자국으로 남아 제 존재를 알리는 그것을/ 밀물이 삼켜 버릴 때까지./ 오래전부터 호흡은 가빴지만/ (……) 아니야, 아니 아니야, 아니라고만 할 거야."(「자화상」) 이제 남은 이가 하나뿐인 노령인데도 장난기는 여전하고, 그 장난기 너머로 가족애의 온기가 고스란히 전해져 온다. "단 하나 남은 마지막 이, 그것은 내 어린 손주들을 놀래키는 데만 쓸모 있어./ 나는 입을 한껏 벌리고 지옥의 웃음을 흉내 내거나 우물거리면서 이야기를 들려주지."(「남은 이들과의 이별」)

모든 것을 두 개의 의문 부호 사이에 던져 놓고 의심하고 째려보고 되씹어보는 탐구자이며, 거짓과 불의 앞에서 가차 없이 저항하면서도 웃음을 잃지 않는 삶을 산 작가를 간결하게 정리한 문장이다. 어떤 추상적 관념, 기존 체계나 권위에 굴하지 않는 용자의 모습. 자신을 미화하지 않는 깔끔하면서도 유머러스한 시선. 죽음 직전까지 아닌 것을 보고 아니야, 라고 선언하는 올곧음은 타성에 젖은 우리의 일상을 두드려 일깨운다.

그는 정치적 연대기를 직접 서술하기보다는 소시민들의 일상을 능청과 장난기 어린 시선으로 누비고 다니며 그 속살을 묘사한다. 시종일관 그로테스크한 느낌이 드는 것은 우리가 마주한 현실의 정체가 더 그로테스크하기 때문일 것이다. 작품의 무대는 개인과 개인 사이에 작동하는 미세 권력과 그 미세 권력들의 적분(積分)인 파시즘 권력의 광기가 만나는 접경지대이다.

세상만사 와글와글. 그 현장을 조금 더 가까이 다가가 들여다보노라면 거기에 수많은 이야기가 감돌고 있다. 인간들이 서로 부대끼며 모여 사니 이야기가 생겨난다. 소용돌이치는 자유 영혼의 활달한 걸음을 쫓아가기는 쉽지 않다. 아득히 먼 곳의 이야기인가 했더니 바로 지금 우리의 이야기다. 동네 아이들 사이의 대수롭지 않은 다툼 이야기인 것 같더니, 어느새 히틀러의 선동에 넘어가 눈먼 짐승이 된 소시민들의 이야기로 이어진다. 착한 이웃과 야수 사이의 경계는 역사의 대사건 앞에서 맥없이 허물어진다. 반어와 역설과 유머로 넘실대는 그의 문장을 따라가노라면 우리는 어느새 독일 현대사 한가운데로 휩쓸려 들어간다. 수천의 흥미로운 이야기들이 그의 머릿속에 출동 대기 상태로 움찔거린다. 어느 이야기가 언제 어디서 어떻게 튀어나올지 모른다. 그의 표현대로 "피가 뚝뚝 떨어지는 역사의 내장" 속에서 수다쟁이는 수다를 그치지 않는다.

그 수다쟁이는 결혼식 때 올리베티 타자기 한 대를 선물로 받았고 이후 타자기에 충실했다. 그것이 달가닥거리는 소리는 음악으로 들릴 정도다. 그런데 컴퓨터가 유행하면서 타자기에 끼울 색 리본을 구하기 힘들어졌고. 그러던 중 감탄할 만한 일이 생겼다. 스페인에서 한 무리의 대학생들이 작가가 케케묵은 방식으로 책을 쓰고 있다는 걸 신문에서 읽고는 선물 꾸러미 하나를 보내왔는데, 그 안에 잉크가 아직 촉촉한 싱싱한 색 리본들이 가득 들어 있었던 거다. 리본을 받아 들고 어린애처럼 좋아했을 모습이 눈에 선하다. 멀리서 친구가 찾아오니, 아니 색 리본이 찾아오니 이 또한 기쁘지 아니한가.

바지 몇 벌과 강낭콩 몇 줌과 입식 책상 위에 놓인 올리베티 타자기만 있으면 오케이, 했던 단순 소박한 일상. 단테가 『신곡』에서 가장 높이 평가했던 성 프란체스코의 삶이 생각난다. 교회를 지으려고 재산을 팔아 버린 자식을 보고 분통이 터진 아버지가 유산을 상속하지 않겠다고 말하자 프란체스코는 오히려 기뻐하며 입고 있던 옷마저 벗어 아버지에게 건네줘 버린다. 그러고는 청빈의 삶을 선언한다.

2. 유머로 가득한 이별

청년 시절의 그라스는 『양철북』에서 일찌감치 자신의 정치적 관점을 밝힌 적이 있고, 그것은 이후 그의 삶과 작품 활동에서 구체적으로 입증되었다. 그라스의 아바타인 오스카는 이렇게 말한다. "빨치산이란 어중이떠중이가 아니다. 자신의 결점을 서서히 극복해 가는 완전무결한 빨치산이야말로 정치를 지향하는 모든 인간 중에서 예술적으로 가장 재능 있는 자다. 이 자들은 자신들이 방금 이룬 것을 곧장 거부하기 때문이다." 방금 이룬 것을 곧장 거부한다고? 이건 시시포스의 딜레마를 다시 풀어쓴 말 아닌가. 그는 친구이자 동지인 사민당의 빌리 브란트를 위해 독일 전역을 돌며 수백 번에 걸쳐 선거 유세를 했고, 선거가 끝나면 뒤도 돌아보지 않고 점토와 타자기가 기다리는 작업실로 돌아가곤 했다.

귄터 그라스는 20대 초반 뒤셀도르프 대학에서 공부할 무렵, 실존주의자들로부터 커다란 영향을 받았다. "내가 뒤셀도르프 예술 대학에서 실존주의자들의 신분증으로 아랫입술에/ 담배를 꼬나물고 위아래로 흔들던 시절, 우리는 입만 열었다 하면/ 시시포스의 바위 이야기를 하며 허풍을 떨었는데, 그 바위는 종전 직후/ 독일어로 번역되었던 알베르 카뮈가 우리에게 굴려 보낸 것이었다."(「나의 바위) 목표에 도달한 것처럼 보이는 순간 다시 산 아래로 굴러 내려간다는 것은 바위의 피할 수 없는 운명. 좋아! 좋아! 그렇다면, 다시 한번! 군소리 없는 묵묵한 실천. 이런 관점에서 보면 신앙도 희망도 망상이다. 희망도 상상 속의 적일 따름이다. 희망이라는 말에는 미련과 집착 같은 게 남아 있다. 『파우스트』에서 괴테는 공포와 희망을 인간 최대의 두 적이라고 하지 않았던가. 그라스는 공허한 관념을 배격하면서도 냉소주의에 빠지지 않는 실사구시의 상징을 카뮈의 '시시포스의 바위'에서 본 것이다. 80대의 노대가가, 담배를 입에 꼬나문 채 실존주의가 어쩌고저쩌고 허풍 떨었다며 돌이켜보는 문학청년의 모습이 손에 잡힐 듯하다.

제자리걸음을 하는 듯한 역사의 반복 앞에서 지치지 않기는 힘들다. 귄터 그라스는 역사라는 것은 막힌 변기와도 같아서 씻어 내리려고 물을 붓고 또 부어도 똥물만 차오른다며 통탄한다. 그도 때때로 우울증에 시달린다. 원인을 알 수 없는 그 어떤 마음의 상태에 짓눌린다. 교회도 종교도 더 이상 영혼의 안식처는 아니다. 어둠 속으로 치솟은 교회 건물은 아무리 봐도 의미도 목적도 없다. 『양철북』에는 꼬마 오스카가 아기 예수에게 양철북을 두드릴 북채를 쥐여주어도 두드리지 않자, 아기 예수의 뺨을 때리며 모독하는 장면이 나온다. 행동하지 않는 예수는 당연히 예수가 아니다.

「진보의 정체성」이라는 연설문에서 그라스는 그 우울증을 이렇게 진단한다. "우울증이라 불리는 그것은 마음을 어둡게 하지만, 또한 통찰력을 주는 것이어서 심연을 밝게 비추어 주기도 한다. 우울증 없이는 예술도 없을 것이다. 우울은 늪지대와 같은 것으로 나는 그 위에서 발 디딜 곳을 찾고 있다. 우울은 유머의 밑그림 같은 것이다……." 우울증 없이는 예술도 없을 것이다! 촌철살인의 이 한 마디는 그라스의 삶과 예술관을 요약하는 발언이다. 그에게 예술 행위와 유머는 거의 동의어다. 유머의 달인인 마크 트웨인은 유머 자체의 핵심은 즐거움이 아니라 슬픔이다, 라고 설파한 적이 있다.

귄터 그라스가 저세상으로 간 다음 해인 2016년, 그의 아내 우테 그라스와 슈타이들 출판사의 사장을 비롯한 친지들이 모여 유고집 출간 기념회를 가졌는데, 그들이 내건 모토는 '유머로 가득한 이별'이었다. 유고집의 제목은 '유한함에 관하여'이지만, 그는 이웃과 독자들에게 싱글벙글 유머의 인간으로 더 진하게 남았던 것이다. 현실 모순에 저항하면서도 웃음을 잃지 않았던 담대한 영혼. 그에게 저항과 유머, 도덕적 책임감과 창작 활동은 서로 떼어 놓을 수 없는 하나의 연속 동작이었다.

삶이란 유한하기에 허무하다? 그렇지 않다. 유한하기에 순간순간이 더욱 싱싱하다. 유한함은 변화와 생성의 또 다른 이름이다. 판타 레이! 모든 것은 흘러간다. 같은 강물에 두 번 발을 담글 수 없다. 그라스는 구름을 보며 이렇게 말한다. "바라보는 동안 모습을 바꾼다는 것,/ 시인의 마음을 끄는 것은 바로 그 점이지."(「구름에 대해서」)

만년의 공자는 강변에서 주유천하의 지난 시절을 돌이켜 보며 그러셨지. 흘러가는 것은 저와 같구나. 천상에서 지상을 거쳐 지옥까지 편력을 다한 파우스트의 죽음을 두고, 주님의 견해를 대변하는 합창이 이제 지나갔다, 라고 하자, 악마 메피스토펠레스는 "지나가다니? 멍청한 소리. 지나갔다는 것과 완전한 무(無)는 전적으로 같은 거야."라고 반박한다. 원래부터 아무것도 없었다는 것. 그러니까 메피스토펠레스가 악마인 것은 그 허무주의 때문이다. 그라스는 이렇게 말한다. "뾰족하게 깎은 연필로/ 깜박거리는 무(無)를 밝게 드러내는 것,/ 그것은 노령의 이득이니/ 잠 자는 것은 시간 낭비지."(「끝없는 고통 후에」) 변화와 생성의 순간이라는 관념적인 표현에 비해 '깜박거리는 무'라는 말은 그 울림이 경쾌하다. 관념이라는 중력을 박차고 솟구쳐오르지 않는다면 그게 무슨 시심(詩心)이겠는가.

그는 선배 작가 중에서 특히 프랑수아 라블레를 좋아했다. "시간이라는 파쇄기조차 두 번 세 번 평생 곁에 두고/ 거듭 읽은 라블레의 책들로부터,/ 그가 주조한 언어나 조롱으로부터 아무것도 앗아 가지는 못했어./ 그리하여 나는 라블레를 실컷 읽은 적이 한 번도 없었지."(「긴 호흡으로」)

라블레는 검열에 쫓기고, 이단 심문을 두려워하며 방랑을 거듭했으나, 끝내 저항과 웃음을 포기하지 않았던 르네상스 정신의 화신이었다. "실꾸리로부터 '계속'이라는 실을 풀어 내는 자는 모두 긴 호흡을 갖추어야 해./ 특히 책이 그대들보다 더 오래 살아남는다는 확실한 자부심을 가져야 해."(「긴 호흡으로」)

라블레를 도피하게 했던 강압과 불안은 포장지만 바뀌었을 뿐 그 실체는 그대로 지속된다. 예컨대 엄격한 판결 문서들은 모습만 바뀌었을 뿐 작가들의 일상을 짓누른다. 하지만 작가는 글쓰기를 멈출 수 없다. 글을 쓴다는 것은 변함없이 간질간질한 욕구일 따름이니까. 글쓰기가 그 무슨 거창한 일은 결코 아니다. 간질간질하니까 자꾸 긁어 대고, 긁어 대니까 시원해지고 시원해지니까 웃음이 나온다. 글쓰기는 관념의 유희라기보다는 생리적 차원에서의 건강한 힘의 발산이다.

뒤이어 나오는 「내겐 힘이 없어」는 풍자의 달인 그라스가 라블레에게 바치는 찬사이면서 또한 인생무상의 설파이기도 하다. 87세의 노령에 쓴 글인데도 힘차고 의욕에 넘친다.

"거친 통나무를 거친 도끼로 쪼개려 해./ 저 옛날 라블레 박사가 1550년에/ 장광설을 펼치면서—『팡타그뤼엘』제4권 서두에/ 나와 있듯이—도덕 파수꾼들의 영원 회귀를/ 대담하게 조롱했듯이 말이야./ 그는 그 시대의 모든 교황과 수도복 입은 자들을 향해/ 미사 통상문을 거꾸로 읽었고,/ 경건한 사고방식이라는 수프에 오줌을 갈겨 주었지./ 그렇게 나는 오늘날에도/ 언론과 방송의 엉터리 돌림노래들을 조롱하고 싶었어."

진지하면서도 유쾌하기 그지없는 문장들. 문체는 그 사람의 생리적 전체라고 하지 않았던가. 르네상스의 사상가인 라블레에게 웃음이란 삶에 대한 인식을 흐리게 하는 격정으로부터의 해방이었다. 웃음은 거짓된 엄숙함, 독단주의로부터 의식을 정화시킨다. 시끌벅적한 요설과 시시각각 거침없이 각도를 바꾸는 시선을 따라가다 보면 아아, 그렇군, 문학은 거짓 이데올로기를 돌파하는 청춘의 힘이라는 것을 실감한다. 아무것도 모르는 척 능청 떨며 유쾌하게 진창을 누빈다. 그러니까 웃음의 원천은 삶 자체의 움직임, 즉 생성과 교체, 존재의 유쾌한 상대성이다. 작은 것과 큰 것을 평등하게 봄으로써 모든 게 뒤집히고 역설이 난무한다. 권력 속물들이 갇혀 있는 동물 농장을 마구 조롱하고 휘저어 버린다.

경지에 오른 예술가의 시와 그림에서 보이는 개구쟁이 같은 해학은 긴장과 경직을 넘어 자연 자체의 흐름을 따른다. 결과를 염두에 두지 않는 생성과 창조의 시간. "그 필법엔 어떤 목표도 없고,/ 그 호흡은 오직 그 자체로만 의미 있으며/ 결코 지치는 일 없도다."(「끝없는 붓질」)

유머와 장난기는 말하자면 맑고 투명한 동심의 발동이다. 유한함과 덧없음을 투시하며 만년을 유유하게 보내는 백전노장의 정신에 비친 자신의 모습. "아직 단물이 좀 남아 있는 껌처럼/ 추억을 씹어 대고,/ 수수께끼 놀이와 빈둥거림으로/ 남는 시간을 보내고,/ 묘지에 누울 자리를 찾으면서/ 이따금 시간을 속여 넘긴다."(「심심파적」)

「우리가 들어가 눕게 될 그것」이라는 이야기는 '유머로 가득한 이별'이라는 모토에 아주 잘 어울린다. 동네 소목장이를 불러놓고 그라스 부부는 사후에 자기들이 들어갈 관을 미리 제작해 달라고 부탁한다. 아내를 위해서는 소나무를 그라스를 위해서는 자작나무를 쓰겠다며. 그렇게 두 개의 관을 만들었는데, 그녀의 것은 길이가 2.1미터였고, 그의 것은 2미터였다. 왜? 아내가 그보다 키가 그만큼 컸으니까. 더불어 그라스는 이런 제안을 한다. 자기들의 생명 없는 몸뚱이를 씻긴 후 나뭇잎 위에 놓고 아들딸들이 다시 나뭇잎으로 덮어 주면 어떻겠냐고. 계절에 따라 자연이 제공하는 나뭇잎으로. 그렇게 관을 완성해 보관하던 중 어이없는 일이 벌어진다. 누군가가 두 개의 관을 훔쳐 가 버린 거다. 그런데 폴란드로 여행에서 돌아와 보니 그것들이 제자리에 돌아와 있었다. 용도도 모른 채 관을 훔쳐 갔다가 내막을 알고는 허둥지둥 그것을 돌려준 도둑. 그것을 바라보는 그라스의 빙그레 웃음. 이제 이 부부는 우리 곁을 떠났다. 남편이 먼저, 아내가 나중에.

어느 하루. 그라스는 해변에서 발견한 부싯돌을 주머니에 불룩하게 채우고, 휘파람을 불며 그것들을 집으로 가져온다. 창문 턱에 놓아두었더니, 그것들은 하늘에서 추락하는 깃털들과 대화를 나눈다. "부싯돌과 깃털은 결코 낡아지지 않는/ 오래된 농담을 나누고, 넥타이에 정장을 한/ 신들을 조롱해."(「해변의 산책자가 발견한 것」) 부싯돌과 깃털이 농담을 주고받고, 나란히 놓아둔 흰 엘크의 두개골과 그라스의 틀니가 서로 대화를 나누는 그곳. 거기는 인간이 다른 존재보다 더 나을 것도 더 못 할 것도 없는 만물제동(萬物齊同)의 탁 트인 세계일 것이다. 넥타이에 정장을 한 신들이라는 말로 그라스가 째려보고 있는 대상을 떠올리노라면 싱긋 웃음이 안 나올 수 없다.

3. 도덕적 책임―너무 늦기 전에

민주주의에 완성 같은 게 있을 리 없다. 아차, 하는 순간 믿었던 발판이 꺼져 버리기도 한다. 올해 6월 베를린을 방문해 여기저기 돌아다녔는데, 가장 인상적으로 남은 것은 카이저 빌헬름 추모 교회였다. 베를린의 번화가 한복판에 2차 세계 대전 때 폭격으로 허물어진 교회가 보란 듯이 솟아 있다. 전쟁 범죄의 증거를 도심 한가운데 그대로 두고 끊임없이 각성 상태를 유지하려는 공동체 정신, 그라스의 평생에 걸친 화두인 도덕적 책임감의 현장이었다. 전후 얼마 되지 않아 붕괴 위험이 있는데도 일부 시민들이 그 안에서 예배를 강행하기도 했다. 벌벌 떨면서도 역사의 현장에서 성령 강림절 예배를 보았던 시민들. 그 용기가 지금 이만큼의 독일 사회를 있게 한 저력이었던 것이다. 과거를 잊으면 다시 짐승이 지배하는 사회가 된다는 것은 불문가지의 진실이다.

2015년 시리아 난민들이 유럽으로 몰려들었을 때, 독일 사회는 백만 이상의 난민을 받아들였다. 당시 제주도에도 백여 명의 시리아 난민이 도착했는데, 우리

사회의 여론은 들끓어 올랐고, 이후 그 난민들의 행방은 알려져 있지 않다. 시민 사회의 성숙도라는 점에서 독일과 한국의 차이를 보여주는 사건이었다. 그러한 관용 정신이 하루아침에 생겨날 리는 없다. 그라스는 「이방인 혐오」에서 그 점을 투시한다. 이전부터 토박이였던 사람들이 소수자가 되어 스스로를 이방인처럼 느끼게 되었을 때, 다시 말해 소수자가 되어 혼쭐이 나 보아야 비로소 자기 자신을 인식하고 그들과 함께 사는 것을 받아들이게 된다는 거다. 괴테는 비서인 에커만에게 말한다. "타자를 이해한다는 것은 참으로 어렵네. 그러므로 타자를 참아 내는 능력이라도 길러야 하는 거야." 그라스는 자신을 괴테의 뒤를 잇는 후기 계몽주의자로 자처하곤 했다.

물론 민주주의의 적은 시시각각 변한다. 말년에 그는 시대를 이렇게 진단한 적이 있다. "사람들은 민주주의의 적을 극우와 극좌, 이슬람이라고 말하지만 그렇지 않아요. 정작 우리로부터 자유의 내용물을 비워 내고 있는 것은 거대 기업과 은행들, 입법권을 쥐고 흔드는 정치 권력이라는 사실이 증명되고 있어요."* 소위 신자유주의 체제에 대한 비판이다. 예컨대 2008년 금융 위기로 신자유주의 노선의 실패가 백일하에 드러났지만, 이후 불평등은 심화되고 경쟁은 더 치열해졌다. 시장 자본주의 경제 시스템은 고삐 풀린 말처럼 폭주하고, 그 결과는 시민의식의 마비와 마구잡이 소비 증대이고 환경 재앙이다.

그라스가 장난삼아 '엄마'라고 부르는 자본은 호의적으로 미소 짓고, 속임수로 살살 달래기도 하지만, 누군가가 저항을 시도하면 그 순간 형리들은 그녀의 말에 충실하게 따른다. 그녀에게서 젖을 빠는 모든 사람은 주름진 채 축 늘어져 옷걸이에 걸린 신세다. 그가 보기에 사민주의들조차 이제는 그녀의 침대로 기어 들어가 말라빠진 은총의 빵을 감사하게 받는다. 개혁의 구호를 앞세우는 이들조차 자본의 촘촘한 그물망에 걸리지 않기란 대단히 어렵다는 말일 테다.

미국을 비롯한 서방의 군사 동맹이 아프가니스탄에서 급하게 철수할 때의 일. 귄터 그라스는 독일의 연방 방위군을 도왔던 천 명 이상의 아프간인 근무자들만은 도의적인 차원에서 독일로 같이 철수시켜야 마땅하다고 주장한다. 그의 주장의 핵심은 '책임'이며, 그것만이 실재하는 사실이라는 거다. 그래서 '긴급 구조 요청'이라는 제하에 아프간인 근로자들을 데려오자는 호소문을 작성했지만, 일부 신문은 그것을 기사화하는 것조차 거부했다. 올림픽에서 얻은 금메달 수상 소

---

* 『16인의 반란자들』, 사비 아옌 지음, 정창 옮김, 스테이지팩토리, 2009년, 210쪽.

식, 유대인과 팔레스타인인 사이의 시가전에서 죽어 흰 천으로 가려진 사망자들의 소식이 영상 속에서 나란히 나열됨으로써, 두 사건이 같은 비중의 사건들로 취급되기도 한다. 이게 맞이 되는 일인가.

「너무 늦기 전에」는 방관자들의 책임을 묻는 글이다. "너무 자주 그래 왔던 것처럼/ 우리는 몰랐다, 라고 아무도 말하지 않기를./ 침묵을 지키기만 했던 정의로운 자들 중/ 단 한 명도 나중에 흠결 없는 자가 되는 일이 없기를./ 주중에 내내 침묵하다가/ 일요일에 스스로를 무죄 방면하는 자가 없기를./ 이전에는 무심했다가 뒤늦게야/ 희생자들을 위한 기념비를 세우려고 하는 일이 다시는 없기를."

4. 전 지구적 네트워크라는 새로운 폭력 체제

독점 자본과 4차 산업의 결합은 이제 또 다른 얼굴로 그 모습을 드러낸다. "내가 어렸을 때/ 사지가 얼어붙을 만큼 나를 경악시켰던 것은/ "신께서 모든 것을 보신다."라는 구호로, (……) 하지만 신이 죽은 지금,/ 무인(無人) 드론 하나가 하늘 높은 곳에서 선회한다./ 드론의 눈은 나를 지켜본다,/ 깜박이지도 않고 결코 잠드는 일도 없이/ 모든 것을 저장하고 아무것도 잊지 않으면서./ 어느새 나는 아이가 되어/ 더듬더듬 기도를 읊으며/ 은총과 용서를 간청한다./ 한때 나의 입술이 잠자리에 들기 전/ 모든 타락에 대해 용서를 빌었던 것처럼./ 고해소에서 나는 내 속삭임을 듣는다./ 오, 친애하는 드론이여,/ 나를 경건하게 해 주소서,/ 내가 당신 천국에 들 수 있도록."(「저녁 기도」)

종말의 묵시록과도 같지만 그 울림은 명랑하다. 이런, 신이 사라진 자리에 드론이란 놈이 등장하셨군. 그런 어조다.

지금 이 시간 러시아-우크라이나 전쟁에서 친애하는 드론은 효과적인 살인 무기로 맹활약 중이며, 인공지능이 인간의 통제 범위를 넘어서고 있다는 경고는 끊이지 않는다. 귄터 그라스는 컴퓨터가 처음 나올 무렵부터 네트워크로 묶인 세계에 대한 경고의 목소리를 그치지 않았다. 예컨대 『게걸음으로』(2002년)에는 극우 사이트에서 서로 연결된 청년들이 이념 논쟁을 벌이고, 그것이 결국 살인사건으로 이어지는 이야기가 나온다. 그라스는 전 지구적 네트워크가 폭력의 새로운 진원지가 될 수 있음을 일찌감치 증언한다.

"24시간 이용 가능. 시야에서 벗어날 수 있는 곳은 세상 어디에도 없어./ 마우스 클릭 한 번으로 온갖 것이 파악되고, 베이비파우더가 필요했던 어린 시절까지/ 데이터로 저장되어 있어./ 아무것도 사라지지 않아. (……) 손톱 크기의 칩 속에 다 저장되지. 이제 은신처란 없어(……) / 무엇을 해야 하지? 나는 무기력하게 포기하며 주어진 것 앞에서 체념하고 있어./ (……) 하지만 내 가장 중요한 화두는 폭력이야. 이런저런 이름으로 불리지만/ 결국엔 이름도 없는 그것./ 어떤 소리도 그것을 끈질기게 경고하지는 않아."(「무기력」)

우리의 자아라는 것도 사이버 공간 안에서 더 리얼하게 존재하며, 네트워크 바깥에 있는 것은 존재하는 척할 뿐이다. 그것은 새로이 등장한 폭력으로 기억도 책임감도 의심도 자유도 말소시켜 버린다. 이런 감옥 체제 안에서 우리는 오직 입력됨으로써만 불멸이 된다. 이러니 '사실'이란 무엇인가? 되묻지 않을 수 없다. 히틀러 파시즘을 극복하고 나니 이제 사이버 공간이라는 새로운 폭력 체제가 와 있다. 그라스는 인공지능의 창작 가능성까지 언급하고 있다. 컴퓨터와 마르틴 루터를, 인터넷과 코르셋을 혹은 복제 생물과 드론을 짝짓는 경박한 로봇들이 나타나 우리가 주문만 하면 송가나 비가를 시적 정취에 맞게 만들어줄 것이다. 챗 GPT의 등장에 대한 예견으로도 들리는 말이다.

이런 맥락에서 볼 때 『파우스트』의 호문쿨루스 장면은 대단히 흥미롭다. 파우스트의 제자인 바그너는 인조인간 호문쿨루스를 만드는데, 그것은 시험관 안에 보존된 인공지능이다. 괴테의 상상력은 놀랍기만 하다. 컴퓨터 속에 인간의 지성, 디지털 지성을 담는다는 과학의 미래를 예감한 것이 아닌가. 파우스트와 메피스토는 인조인간 호문쿨루스의 안내를 받아 시공 저 너머로, 고대 그리스 세계로 날아가고 거기서 고대의 유명 인물들을 만나며 그리스 문명을 조감한다. 그러니까 그들은 빅데이터의 무한한 바다를 항해하는 현대판 사이버 전사들의 선배인 셈이다.

아마 메피스토조차 그러한 인공지능의 위험성을 간파한다. "결국 우리는 자기가 만든 인간들한테 얽매이는 거지요." 도구적 이성이 만든 결과물이 그 주인을 지배할지도 모른다는 것이다. 지성만 있고 몸은 없는 호문쿨루스는 시험관 속에 갇힌 채로 떠다니는데, 이것은 '첨단'과 '불구'라는 양면성을 동시에 보여 준다. 자연과의 유기적 연관을 상실한 도구적 이성은 결국 절름발이일 수밖에 없다는 통찰.

괴테의 상상 속 호문쿨루스가 이제 시험관을 벗어나 현실 속으로 걸어 나오는 것인가. 호모 사피엔스는 이제 생명 공학적 신인류, 영원히 살 수 있는 사이보

그로 자신을 대체하는 특이점의 단계에 들어섰다. 유발 하라리의 담론은 그 지점에서 인간의 운명을 불안한 시선으로 보고 있다. 희로애락을 담은 인간의 뇌까지 네트워크로 서로 연결된다면 그 거대한 뇌의 존재는 누구인가. 그럴 때 지금의 나란 무엇이겠는가. 자신의 손으로 자신을 완전히 다른 차원의 존재로 변형시키는 호모 사피엔스의 끝없는 욕망. '물리 법칙'만을 친구로 두고 있는 현대판 바그너, 그는 스스로를 신으로 만들면서 아무에게도 책임을 느끼지 않는다. 스스로 무엇을 원하는지도 모르는 채 불만스러워하는 무책임한 신들. 이보다 더 위험한 존재가 있을까?

5. 맺는말

2002년 3월 말, 독일 뤼베크의 붓덴브로크하우스 지하홀. 그라스가 신작 소설 『게걸음으로』 미출간 원고를 앞에 두고 3박 4일 동안 20여 개 나라에서 온 번역자들과 격의 없는 토론을 나눈 자리였다. 세계 여러 나라에서 온 손님들을 싱글벙글 환대하던 그라스는 그야말로 웃기기의 달인이었다. 같은 해 5월 말 한일 월드컵 개막식에서 축시를 낭송하고 통일 관련 세미나에도 참가하기 위해 방한했던 그는 비무장지대부터 찾아갔다. 살벌한 광경에 놀랐던지 그는 조금 흥분한 상태로 말했다.

"베를린 장벽은 비교도 안 됩니다. 같은 형제끼리 왜 이럽니까. 남쪽이 잘사는 형님 아닙니까. 못사는 동생 많이 도와주세요. 내가 한국 작가라면 평생 이 문제에 매달리겠어요."

이후 있었던 통일 관련 강연 및 대담. 강연회장에 나타난 그라스는 붉은 넥타이를 매고 있었다. 그는 넥타이 매는 걸 싫어하지만 오늘은 너무 중요한 자리라서 넥타이를 매고 나왔다며 너스레를 떨었다. 대담자로 나온 교수들이 민중 주도의 통일이 되어야 한다, 한국 인구의 몇 퍼센트가 민중일까 등등 막연한 발언들을 이어가는 데 반해, 그라스는 구체적인 방안을 제시하곤 했다. 북한에 아낌없는 원조를 하자, 일 년에 한두 번이라도 비무장지대에서 남북의 작가들이 모이는 기회를 갖도록 하자는 식이었다. 납덩이처럼 무거운 관념어를 남발하는 지식인과 실사구시로 직진하는 그라스, 참으로 대조적이었다.

올해 2023년 6월 말. 앞서 말했듯이 나는 베를린을 거쳐 뤼베크의 귄터 그라스 문학관을 방문했다. 관장인 톰자(Thomsa) 박사, 그리고 그라스의 오랜 비서였고 지금은 문학관의 실무를 맡은 힐케 오졸링(Hilke Ohsoling) 씨가 반갑게 맞아주었다. 2003년 미국의 이라크 침공 전날, 그라스는 반전 선언문을 전 세계의 지인들에게 메일로 보낸 적이 있었는데, 그때 그 메일의 발송인이 오졸링이었다. 나는 그 선언문을 우리말로 옮겨 모 일간지에 실었다. 그녀는 이십일 년 전 붓덴브로크하우스 앞에서 번역자들이 단체로 찍은 사진을 찾아서 내게 보여 주기도 했다. 귄터 그라스는 갔지만, 그의 삶과 정신을 지키고 있는 활달한 분위기의 현장이었다. 그라스 문학관의 복도를 지나면 바로 옆 건물이 빌리 브란트 기념관이다. 독일 통일의 초석을 놓은 빌리 브란트, 독일의 과거사 극복에 매진했던 그라스는 노선을 같이 한 정치적 동지였다. 그러므로 두 건물을 나란히 세운 것이 두 사람의 우정을 돋보이게 하기 위한 상징적 배치였음은 당연하다. 정치와 문학의 만남을 이보다 실감 나게 보여주기는 쉽지 않을 것이다.

이런저런 이유로 번역 출간이 늦어졌다. 번역 원고 교정 과정에서 민음사 편집부의 도움이 컸다. 어색한 표현을 산뜻하게 살려 놓고 오역을 일일이 찾아내는 수고도 마다하지 않았다. 편집자와 번역자가 논의에 논의를 거듭했던 과정은 또 다른 우정의 한 장면이었음을 기록해 두고자 한다.

2023년 가을 장희창

옮긴이 장희창

서울대학교 언어학과를 졸업하고, 동 대학원 독어독문과를 졸업했다. 동의대학교 독어독문과 교수로 재직했으며, 독일 고전 번역과 고전 연구에 종사하고 있다. 지은 책으로 『고전샵남』, 『장희창의 고전 다시 읽기』, 독시 평론집 『춘향이는 그래도 운이 좋았다』가 있고, 번역한 책으로 『파우스트』, 『색채론』, 『괴테와의 대화』, 『양철북』, 『게걸음으로』, 『양파 껍질을 벗기며』, 『책그림책』, 『개선문』, 『사랑할 때와 죽을 때』 등이 있다.

유한함에 관하여　　 ─ 유머로 가득한 이별

1판 1쇄 찍음 2023년 9월 18일
1판 1쇄 펴냄 2023년 9월 28일

지은이　귄터 그라스
옮긴이　장희창
발행인　박근섭, 박상준
펴낸곳　(주)민음사

출판등록　1966. 5. 19. (제16-490호)
주소　　　서울시 강남구 도산대로1길 62
　　　　　강남출판문화센터 5층 (06027)
대표전화　02-515-2000 팩시밀리 02-515-2007
www.minumsa.com